# Hasta la Luna y de Vuelta

N.R. WALKER

# Créditos

Artista de Portada: Soxational Cover Art
Editor: Boho Edits
Editorial: BlueHeart Press
Traductor: Francisco David
Hasta la Luna y de Vuelta © 2023 N.R. Walker

## TODOS LOS DERECHOS RESERVADOS:



## ADVERTENCIA:

Sólo para mayores de 18 años. Este libro contiene material que puede resultar ofensivo para algunas personas y está dirigido a un público adulto. Contiene lenguaje gráfico y situaciones adultas.

## MARCAS REGISTRADAS:

Todas las marcas comerciales pertenecen a sus respectivos propietarios.

# Sinopsis

Gideon Ellery tenía la vida perfecta. Bonita casa, buen trabajo y un novio de muchos años. Pero semanas después de adoptar a su sobrino, su novio se separa, dejando a Gideon como padre soltero de un recién nacido. Desilusionado, falto de sueño y sin saber cómo afrontar la paternidad, es solicitado de regreso en la oficina. Se siente abrumado y al límite.

Toby Barlow ha vuelto a Sídney después de tres años de estudiar, viajar y hacer de niñero en el Reino Unido. Necesita trabajo y un lugar donde vivir, y la solución perfecta cae en sus manos. Después de todo, cuidar de un bebé de tiernas mejillas en una preciosa casa, propiedad de un guapísimo hombre soltero, no es precisamente terrible.

Gideon no está muy dispuesto a compartir su vida con un extraño, pero su necesidad de ayuda es acuciante. El alegre Toby no está preparado para un Gideon gruñón ni para su adorable hijo, Benson. O para cuan fácil se integra en sus vidas. Y Gideon no está preparado para lo mucho que necesita a Toby.

O cuánto lo desea.

Ninguno de los dos está preparado para las complicaciones de enamorarse.

# N.R. WALKER

# HASTA LA LUNA Y DE VUELTA

# Capítulo Uno



—NECESITAS AYUDA.

Gideon suspiró, exhausto. En realidad, estaba tan agotado que necesitaba una nueva palabra para definirlo. Miró a Lauren y Jill, sus amigas más queridas, y asintió.

—Lo sé.

Benson se agitó, y sus lloriqueos de vigilia se oyeron claramente a través del vigilabebés.

—Voy a por él —dijo Jill con suavidad, y desapareció por el pasillo.

Lauren acarició la rodilla de Gideon.

—Todo irá bien —lo tranquilizó—. Es lo que hay que hacer.

Gideon sabía que lo era, aunque le doliera. Había pensado que podría hacerlo. Quedarse solo a cargo de un bebé de seis semanas había sido horrible. Que su vida diera un vuelco, que su pareja de toda la vida los abandonara, había sido *horrible*. Y después de seis semanas intentando hacerlo todo, trabajo y paternidad a tiempo completo, había sido demasiado. Lauren y Jill habían sido de gran ayuda, pero no podían hacerlo siempre. Gideon apenas podía mantener los ojos abiertos y sólo era cuestión de tiempo que algo saliera mal.

Necesitaba trabajar para mantener su casa. Tener una casa, esta casa, donde criar a Benson era importante para Gideon, y había trabajado a distancia todo lo que su trabajo le permitía. Sus jefes habían sido amables y generosos, pero él se estaba ahogando. En resumidas cuentas, Benson necesitaba mejores cuidados. Gideon ya había dependido bastante de la ayuda de Jill y Lauren. Necesitaba una solución a tiempo completo.

—¿Y este chico es bueno?

Lauren asintió.

—Tiene un título en desarrollo infantil temprano. Ha trabajado como canguro en Inglaterra durante tres años y ahora está de vuelta en Sídney. Ya conoces a mi jefa y su nivel de exigencia.

Gideon asintió. La jefa de Lauren era una abogada de alto rango que solo aceptaba lo mejor.

—Ella lo recomendó —añadió Lauren—. Y ahora está disponible a través de la agencia. Sé que no querías a un desconocido cualquiera. Senna dijo que es genial. Es el momento perfecto.

Jill salió con Benson en brazos.

—Le he cambiado el pañal y ya está listo —dijo Jill entregándole a Benson a Gideon—. Creo que quiere a su papá.

Gideon cogió a su hijo, lo abrazó y aspiró el olor a talco de bebé. Le besó suavemente la cabeza e inmediatamente se meció hacia adelante y hacia atrás.

—Papá te tiene.

Benson se acomodó, aunque Gideon siguió meciéndose. Quería a su hijo más que a la vida misma. Nunca había imaginado amar a otra persona tanto como amaba a Benson. Él era todo lo que tenía ahora. Sólo estaban ellos dos.

Buscar ayuda era lo correcto. No solo por él, sino también por Benson. Un niñero...

Gideon volvió a suspirar resignado. Demasiado agotado para discutir.

—¿A qué hora llegará?

---

TOBY BARLOW CONDUCÍA POR LAS FRONDOSAS calles suburbanas de Putney, agradecido por las indicaciones de Siri. No estaba muy familiarizado con esta parte de Sídney, ya que hacía años que no la visitaba, y el rango de precios de las casas y los coches por los que pasaba estaban fuera de su alcance.

Había parques cubiertos de hierba y a la sombra de grandes árboles, gente paseando con niños y perros disfrutando del sol primaveral.

¿Podría vivir y trabajar aquí?

Claro que sí.

Bueno, si el hombre con el que había quedado resultaba ser un imbécil, podría negarse. Dios sabía que la última familia para la que había trabajado en Londres no había sido una delicia... Bueno, los niños eran geniales, pero los padres habían sido horribles. Pésimos padres, horribles seres humanos.

Seguramente este hombre no podía ser tan malo.

Todo lo que Toby sabía del Sr. Gideon Ellery era que tenía treinta y cuatro años, que era un director financiero de empresa muy bien establecido y un reciente padre soltero de un niño de doce semanas.

Los bebés. A Toby le encantaban los bebés.

Toby llegó a la dirección que le habían dado. La casa era un bungaló de estilo victoriano con un bonito jardín delantero con césped y su propio árbol, y un caro monovolumen Audi negro aparcado en la entrada.

Estaba acostumbrado a trabajar y vivir con gente rica. Después de todo, ¿quién más podía permitirse un niñero a tiempo completo? Esperaba que el pequeño Corolla de su hermano no le hiciera parecer indigno.

Respiró hondo y miró por el retrovisor para arreglarse el pelo y comprobar que no tenía nada entre los dientes. Una mujer de pelo rubio corto y sonrisa acogedora abrió.

—Hola, me llamo Toby Barlow —dijo con confianza—. Vengo a reunirme con el señor Gideon Ellery...

—Sí, sí, pase, por favor —dijo ella abriéndole la puerta mosquitera—. Me llamo Lauren. Mi jefa es Senna Mardell. Creo que conoces a su hermana...

Ah, quién arregló esta entrevista de trabajo.

—Sí, sí, gracias —dije—. Cuidé a los hijos de la hermana de Senna en Londres. Me dijo que si alguna vez necesitaba una referencia...

La sonrisa de Jill se ensanchó aún más.

—Pasa. Te presentaré.

La casa era aún más hermosa por dentro. Suelos de madera pulida, paredes blancas, techos altos, carpintería ornamentada con filigranas originales. A Toby le daba miedo pensar lo que costaba esta casa. Pasaron a un salón donde les esperaba otra mujer, de pelo oscuro y sonrisa nerviosa.

Y un hombre sentado en el sofá con un bebé en brazos.

—Esta es mi mujer, Jill —dijo Lauren—. Jill, él es Toby Barlow.

Toby le estrechó la mano. El hecho de que fueran lesbianas hizo que Toby se relajara de inmediato. *Siempre es agradable estar cerca de tu gente.* Sonrió ampliamente.

—Encantado de conocerte.

—Igualmente.

—Y este es Gideon —añadió Lauren—. Y el pequeño Benson.

Gideon era... bueno, no lo que Toby esperaba. Tenía el pelo castaño corto y un bigote que rivalizaba con el de Tom Selleck.

¿Un bigote? Ah, sí.

A Toby le gustó. Mucho.

Pero entonces se dio cuenta de algo más sobre Gideon.

El hombre estaba agotado. Parecía absolutamente fatigado: ojeras, ojos hinchados, incluso un poco pálido. Toby pensaba que seguía siendo guapo. Incluso con bigote.

Especialmente con el bigote.

—Encantado de conocerte —dijo Toby. Gideon no le ofreció la mano para estrechársela. Después de todo, estaba sentado con un bebé quejumbroso, así que no le importó.

—Le prepararé un biberón —dijo Jill desapareciendo en la cocina.

—Sentémonos y charlemos —sugirió Lauren, haciendo un gesto a Toby para que ocupara el asiento individual. Ella se sentó junto a Gideon y le dedicó una sonrisa tranquilizadora.

—Gracias por venir —dijo Gideon. Su voz era un poco ronca.

Charlaron sobre el tráfico hasta que Jill reapareció con el biberón y Toby aprovechó la ocasión. Le ofreció a Gideon su currículum.

—¿Qué tal si intercambiamos? Tú puedes leer mis credenciales y yo me encargo de este pequeño nugget de pollo —dijo cogiendo a Benson. Jill le dio el biberón. Toby se sentó y empezó a dar de comer a Benson.

Los grandes ojos azules de Benson lo miraban fijamente, largas pestañas oscuras, mejillas sonrosadas y una bonita nariz de botón.

Benson era posiblemente el bebé más mono que había visto nunca.

Toby levantó la vista y sonrió a su público. Jill y Lauren le sonreían con cariño, pero Gideon no. Estaba sentado, con el currículum en la mano, mirando fijamente a Toby.

—¿Nugget de pollo?

La sonrisa de Toby se ensanchó cuando volvió a mirar al

bebé. Benson, que seguía mirándolo, soltó una risita alrededor de la tetina del biberón. Toby se rio y asintió.

—Nugget de pollo.

# Capítulo Dos

GIDEON NO PODÍA NEGAR QUE EL CURRÍCULUM DE Toby era bueno. Todos sus certificados estaban actualizados, su control policial era correcto. Tenía una gran experiencia, un título en educación infantil, era brillante y simpático y, en definitiva, alguien a quien Gideon no tendría ningún problema en dejar vivir en su casa.

La primera impresión fue buena. Iba bien vestido, con aspecto profesional, pantalón azul marino y camisa blanca abotonada. Tenía el pelo oscuro, corto pero estilizado, ojos castaños oscuros y una dentadura perfecta.

La forma en que cogía a Benson sin esfuerzo, le daba de comer, le hacía eructar y le hacía sonreír y reír. Y no sólo eso… sino también la forma en que Toby sonreía a Benson. Era evidente que se le daban bien los niños. No cabía duda.

¿Pero *nugget de pollo*?

Había llamado a Benson nugget de pollo.

—Así que estuviste dos años con tu primer empleador en Londres —dijo Gideon. En realidad, no era una pregunta.

—Sí —respondió—. Fue un contrato de dos años con tres

niños, un recién nacido, y los otros dos hermanos de dos y cuatro años. Los adoraba.

—Eran la sobrina y los sobrinos de Senna —añadió Lauren, lanzando una mirada mordaz a Gideon.

—Sí —dijo Toby con una sonrisa—. Una familia encantadora. Nellie cumplió dos años justo antes de que me fuera. Me encantaban.

—Y tu siguiente empleo fue sólo de un año —dijo Gideon, mirando las fechas del currículum.

—Sí. El contrato era por doce meses, pero con todo descargo de responsabilidad lo acorté a los diez meses.

—¿Por qué?

Toby se encontró con la mirada de Gideon y se la sostuvo.

—Los niños eran geniales. Tenían cuatro y dos años. Simplemente adorables. Los padres... Bueno, digamos que tuvimos una diferencia de opinión sobre un tema que no estaba dispuesto a ignorar.

Gideon ladeó la cabeza.

—¿Ah?

—Sí —afirmó Toby con frialdad—. Eran radicalistas. Racistas y homófobos, así que un doble golpe, en realidad. — Hizo una mueca y negó con la cabeza—. Me parece bien que haya opiniones diferentes. No tengo ningún problema con eso. Pero una diferencia de opinión es discrepar sobre el horror que es el cilantro, no sobre si otras personas deben ser tratadas como seres humanos. Para mí, eso es un factor decisivo. Resultó que tenían unas creencias bastante radicales, y yo soy más de tratar a todo el mundo como a un ser humano, así que ni que decir tiene que no me atreví a seguir trabajando para ellos. De todas formas, tenía que volver a casa en el plazo de unos meses. —Se sentó un poco más erguido, todavía con Benson en su regazo, pero centró la mirada en Gideon—. Hay muy pocas cosas por las que pondría fin a mi empleo. Ésta es tu casa, tu hijo, y siempre seré respetuoso con ello, y me contratarías para hacer un trabajo. Pero no toleraré la discriminación. ¿Eso va a ser un problema? Porque si prefieres que todo el mundo sea blanco y heterosexual, no te haré perder más tiempo. Bueno... —Hizo un gesto con la mano en dirección a su cara—. Soy blanco, obviamente.

*¿Pero no heterosexual?*

—No me importa si prefieres cilantro —continuó Toby. Gideon se preguntó si hablaba así todo el tiempo o si era un divagador nervioso—. Puedo cocinar con él si insistes. Pero prefiero que la comida no sepa a jabón. No es un problema, per se. Pero hablando de factores decisivos, y aunque no tengo por qué revelarlo, preferiría que supieras de antemano que soy un seis en la escala de Kinsey. Lo que significa gay, si no estás familiarizado con el tema. Preferiría que no se repitiera mi última experiencia.

Lauren apretó los labios para no sonreír demasiado, pero Jill se rio y le dio un codazo a Gideon.

—Estoy familiarizado con el tema —dijo Gideon rotundamente—. Y, eh, no, eso no es un problema. Mi compañero... —se detuvo—. Mi exnovio es un hombre, obviamente. Así que sí, no es un problema para mí. —Gideon se había preguntado si alguna niñera podría tener problemas con su sexualidad. Ni si quiera se había planteado que su niñero también pudiera ser gay. Eso hacía las cosas menos incómodas. A menos que...—. Y asumo que no es un problema para ti.

Toby agitó la mano mientras hacía rebotar suavemente a Benson en su regazo.

—Oh, cielos, no.

Había normas contractuales sobre que cualquier niñero, hombre o mujer, llevara a alguien a la casa, así que no era algo que hubiera que negociar. Si Toby no estaba de acuerdo, no conseguiría el trabajo. Gideon se alegró de tener un contrato y una agencia, pero pensó que era mejor plantear cualquier duda.

—¿Tienes alguna pregunta sobre el contrato?

Toby negó con la cabeza.

—No. Todo fue muy sencillo; la agencia nos cuida a los dos en ese sentido. Pero ¿puedo preguntarte por los arreglos con la expareja?

Gideon se puso inmediatamente a la defensiva.

—¿Por qué?

—¿Es un acuerdo de custodia compartida? ¿Fines de semana? ¿Hay algún acuerdo judicial que deba conocer? No había nada en el contrato.

Oh.

La sonrisa de Lauren había desaparecido. Jill negó con la cabeza, pero dejó hablar a Gideon.

—No hay ningún acuerdo —dijo—. Drew nos dejó a los dos, a Benson y a mí, hace seis semanas. Ni siquiera ha pedido verlo, ni siquiera ha preguntado por él. Ni una sola vez.

—Pero pidió su colección de vinilos —dijo Jill rotundamente.

Toby hizo una mueca.

—Siento oír eso.

Incluso hablar de ello hacía que a Gideon le picara el gusanillo de proteger a Benson. Se levantó, cruzó el salón y cogió a Benson, abrazándolo con fuerza y dándole un beso en su suave mejilla.

—Ahora sólo estamos nosotros, ¿verdad, mi pequeño?

Toby les sonrió.

—Bueno, es casi perfecto.

Gideon no pudo evitarlo.

—¿Perfecto como un nugget de pollo?

Toby le sorprendió riendo mientras se levantaba.

—Exacto.

Entonces Lauren también se puso en pie.

—¿Qué tal si le enseñas a Toby su dormitorio? —dijo.

Luego añadió rápidamente—: Si los dos decidís que es lo que queréis.

Gideon casi había olvidado esa parte.

—Sí, por supuesto. Por aquí —dijo—. Hay tres habitaciones. La mía, la de Benson y la de invitados. —Abrió una puerta en el pasillo para mostrar una habitación de tamaño decente con una cama doble y un armario empotrado. Las paredes eran blancas, el cubrecama azul marino y había tres marcos blancos en la pared con diferentes estampados de color azul marino.

—Es preciosa —dijo Toby en voz baja. Estaba impresionado. Gideon observó que Toby no parecía ser capaz de ocultar muy bien sus reacciones. Por su reacción ante Benson, por la habitación que acababa de ver y por lo que había dicho sobre su último jefe, a Gideon le gustó que Toby dijera las cosas como las veía—. Mi última habitación en Londres tenía el tamaño de una caja de zapatos. Tampoco una caja de zapatos de tamaño adulto. ¿Conoces esas cajas pequeñas en las que vienen los zapatos de los niños pequeños? Así, de este tamaño.

Gideon no pudo evitar sonreír, pero cruzó el pasillo.

—Esta es la habitación de Benson.

Toby entró, se dio la vuelta y sonrió a Gideon y Benson.

—Dios mío. Esta es la habitación infantil más mona de la historia.

Gideon volvía a sonreír, algo que no había hecho mucho en las últimas semanas.

—Gracias. Me llevó mucho tiempo decorarla así.

Eso no era exactamente cierto. Gideon y Drew habían tardado mucho en ponerse de acuerdo sobre un tema. A Drew no le gustaba nada de lo que Gideon había sugerido: temas, colores, diseños.

Resultó que Drew no estaba contento con muchas cosas. Gideon podía entenderlo ahora.

Al final, Drew había dicho que no le importaba el "estúpido tema" y que Gideon hiciera lo que quisiera. Así que lo hizo.

Y aparentemente Drew también. No la decoración; por Dios, él no había hecho nada de eso. Lo que Drew había querido hacer era irse. Encontrar a otra persona e irse.

Gideon seguía muy enfadado por ello. Estaba amargado y furioso. Si estaba siguiendo las etapas del duelo, entonces estaba en el buen camino. Y *estaba* de duelo. Había perdido a su novio de seis años, la familia que había querido, la familia que eran. La vida que debían tener.

Odiaba a Drew. Pero también seguía queriéndolo, y era un constante vaivén de angustia. Ahora, cada vez que quería ahogarse en la rabia de todo aquello, transformaba esa energía en algo positivo para Benson.

En lugar de gritar y chillar, le cantaba una canción a Benson, le daba mimos muy largos o le leía libros. Cualquier cosa para distraerse, para beneficiar a Benson, pero también para ser mejor padre. Para compensar el hecho de que ahora tenía que ser el doble de bueno.

Aunque había intentado hacerlo todo, Gideon no se culpaba por no ser un superpapá, y desde luego no culpaba a Benson. Los bebés eran inocentes y, después de todo, suponían mucho trabajo. Culpaba a Drew, al cien por ciento.

—Hasta la luna y de vuelta —dijo Toby leyendo la pegatina que había sobre la cuna de Benson.

Gideon le dio a Benson otro beso en la mejilla.

—Se lo digo cada vez que lo acuesto —dijo Gideon—. Y enciendo esta luz —dijo pulsando el interruptor que había sobre la cómoda.

La habitación se oscureció y los colores púrpura y azul se arremolinaron en el techo y las paredes, convirtiendo toda la habitación en una galaxia.

—Pongo esto todas las noches cuando le acuesto. Le cuento cuentos y miramos las estrellas.

La sonrisa de Toby era cálida y amable, y le dio a Benson un suave pellizco en el brazo.

—El pequeño astronauta de papá.

Gideon soltó una carcajada.

—Bueno, supongo que es mejor que un *nugget* de pollo.

Toby sonrió.

—Puede ser ambas cosas. Un astronauta de pollo pillo.

Gideon lo miró fijamente.

Santo cielo, estaba empeorando.

———

TOBY CASI SE MUERE DE TERNURA CUANDO ENTRÓ en la habitación de Benson. Las paredes eran de color azul huevo pato y había calcomanías espaciales por todas partes. Planetas, estrellas, cohetes; un poco como en *El Principito*, pero no tanto. Sólo los contornos, muy modernos y preciosos. Toby supuso que toda la habitación había sido ridículamente cara.

Encima de la costosa cuna había un móvil giratorio con planetas, fotos enmarcadas a juego con las calcomanías, pero a todo color, y en la pared un gran pergamino escrito con: *Hasta la luna y de vuelta* rodeado de estrellas. Incluso había un pequeño sofá que Toby imaginó que se utilizaba para las alimentaciones nocturnas, y la luz de la galaxia era increíble.

Parecía sacado de una revista de diseño.

Toby se había sorprendido cuando Gideon le ofreció el trabajo, ya que había vomitado sus pensamientos durante casi toda la entrevista y era obvio no le gustaba demasiado la costumbre de Toby de poner apodos a los niños. Pero le había ofrecido el trabajo.

Por eso, dos días después, se mudó.

De acuerdo, era una maleta y un equipaje de mano, más una bolsa con su portátil y algunos efectos personales. Lo bueno de vivir en casas ajenas durante los últimos años era que no necesitaba muebles ni enseres domésticos.

O tal vez era un inconveniente.

Todos los demás que conocía alquilaban su propia casa, tenían sus propias cosas.

Toby nunca lo había lamentado, excepto cuando se mudaba o dejaba un trabajo, aunque estaba seguro de que desaparecería en cuanto se asentara en su nueva rutina. Había deshecho las maletas y dejado todo listo antes de las diez de la mañana, y pensó que lo mejor sería quitarse de encima el incómodo primer día.

Se dirigió a la sala de estar y encontró a Gideon casi deambulando por la cocina. Se detuvo al ver a Toby.

—Oh, ¿has colocado todas tus cosas? —preguntó.

—Sí.

—Benson está echándose un sueño —dijo—. Por la noche duerme cinco horas, se despierta sobre las dos de la madrugada para tomar el biberón y vuelve a dormir otras cuatro horas. Por la mañana toma el biberón, se queda despierto un rato y vuelve a dormir, un descanso corto. A veces unos cuarenta y cinco minutos. —Sacó unos papeles de una funda de plástico —. En fin, te he escrito su horario. Bueno, es su horario de esta semana. Podría ser diferente la semana que viene. De hecho, estoy seguro de que será diferente la semana que viene. Tal vez incluso mañana.

Toby cogió el horario. Estaba seguro de que lo habría averiguado todo, pero agradecía el esfuerzo.

—Excelente. Gracias.

—Y también hay cosas generales de la casa —añadió Gideon—. No son normas ni nada. Sólo el código de la alarma, y qué día es el día de reciclaje, y la contraseña de Wifi y Netflix, ese tipo de cosas.

—Oh, eso es perfecto, gracias.

·　·　·

—Intenté pensar en todo.

Gideon estaba tan nervioso que Toby quería darle un abrazo.

—¿Puedo hacerte un café o una taza de té? —le ofreció Toby—. Me ayudará a orientarme en la cocina, y luego podemos sentarnos a planificar las comidas y hacer la lista de la compra. —Sin esperar respuesta, Toby llenó la tetera y sólo tuvo que abrir dos armarios antes de encontrar las tazas de café —. ¿Café o té? Últimamente me gusta más el té. Solía ser un gran bebedor de café, pero viviendo en Inglaterra, me encontré cambiando el café por tazas de té.

—Eh... —Gideon dudó, pero al ver que Toby iba a servirse de todos modos, contestó—. El té está bien, gracias.

Por eso Toby lo hizo. Si iba a vivir aquí, entonces *vivía* aquí. Respetuosamente, por supuesto. Preparar tazas de té y sentirse cómodo en casa era importante para Toby. Y la mayoría de las veces, también ayudaba a la familia a adaptarse.

Se sentaron a la mesa del comedor con sus tazas de té y Toby sacó su teléfono.

—¿Planificamos las comidas y hacemos la lista de la compra?

—Oh, eh, no tienes que hacer eso —dijo Gideon—. Puedo organizarlo.

Toby se resistió a suspirar. Tenía que ser paciente con Gideon. Al fin y al cabo, era su primera vez con un niñero. Y Toby no creía que fuera porque fuese un maniático del control. No, estaba seguro de que Gideon se sentía culpable por no hacer todas las cosas.

—Está bien —dijo Toby alegremente—. Es lo que hago. Cocinar, limpiar, lavar la ropa. Lo que haga falta. Concedido, Benson es mi prioridad, así que, si está teniendo un día miserable, la cena podría ser sopa de sobre y sándwiches tostados.

Gideon casi sonrió, pero vaya si parecía cansado.

—Puedo hacer una pasta con verduras o un plato de pollo

escalfado. Hago un curry bastante bueno —dijo Toby—. ¿Tienes alguna alergia?

Gideon negó con la cabeza.

—No. Ninguna.

—¿Algún alimento que no te guste o que debas evitar? ¿Comidas que te gusten?

Sorbió su té.

—Cilantro.

Eso hizo sonreír a Toby.

—¿Estás a favor o en contra? El otro día no lo dijiste.

—Inequívoca e indiscutiblemente en contra.

—Oh, gracias a Dios —respiró Toby—. Es lo peor. En realidad, entre eso y la col rizada, no sé cuál se lleva el trofeo como lo peor. Necesitan un podio doble.

—Me gusta la col rizada.

Toby fingió un grito ahogado.

—Nooo.

—¿Es eso peor que una violación de los derechos humanos?

Toby lo miró con los ojos entrecerrados.

—Ni siquiera cerca, pero tal vez podríamos iniciar una petición.

Gideon casi sonrió.

—Tal vez podríamos.

A Toby le gustó poder arrancarle una sonrisa a Gideon. Estaba claramente preocupado, cansado y con el corazón recién roto. Su compañero lo había abandonado (no, *los había abandonado*) y eso que Benson tenía sólo seis semanas.

Toby decidió en ese mismo momento, sentado a la mesa del comedor con sus tazas de té, que haría todo lo posible por mejorar la vida de Gideon.

—¿Hoy no trabajas? —preguntó.

Gideon hizo una mueca.

—No, yo... Pensé que debía estar aquí el primer día.

Toby asintió.

—Es perfectamente natural estar nervioso y ansioso por dejar a Benson con un extraño. Lo entiendo. De hecho, me preocuparía si no lo estuvieras.

Gideon inspiró y soltó el aire lentamente, girando la taza de té que tenía en la mano, y asintió levemente.

Toby se acercó y le dio un apretón en el antebrazo.

—Eres un buen padre.

Los ojos de Gideon se dirigieron a los de Toby, de un gris profundo y conmovedor.

—Gracias.

Toby le dedicó la sonrisa más brillante que tenía y luego golpeó la pantalla de su teléfono.

—Hagamos la lista de la compra. Luego, cuando Benson se despierte, podemos dar un paseo hasta el parque y conocernos un poco mejor. Después, cuando lleguemos a casa, podemos almorzar, y cuando Benson y tú os echéis la siesta, iré al supermercado a por todo lo necesario para preparar la cena.

Gideon lo miró como si le hubiera salido una segunda cabeza, pero eso sólo hizo que Toby sonriera aún más.

—¿Qué te parece pollo a la parrilla y ensalada para cenar?

# Capítulo Tres

GIDEON NO SABÍA QUÉ PENSAR DE TOBY. LE GUSTABA organizar, eso estaba claro. Le gustaban las listas: de tareas, de la compra, de comidas, de horarios. Pero era más que eso. Lo hacía todo alegremente. Cuando Benson se despertó, Toby lo cambió, preparó la bolsa de los pañales, cargó el cochecito y abrió la puerta para Gideon, todo ello mientras sonreía y cantaba para sí mismo.

Sin esfuerzo.

Algunos días, Gideon temía tener que salir de casa con Benson. Tener que recoger toda su vida para ir al supermercado y que Benson decidiera que necesitaba un biberón veinte minutos más tarde... Era todo tan complicado y, sinceramente, más simple quedarse en casa.

Toby lo hacía parecer tan fácil. Tarareaba y sonreía mientras hacía seis cosas a la vez, mientras Gideon apenas tenía fuerzas para ponerse los zapatos.

Toby esperó en el porche con el cochecito, sonriendo alegremente, mientras Gideon cogía las llaves y cerraba la puerta tras ellos, y luego bajaron al parque.

Gideon intentó recordar la última vez que había ido andando al parque. Estaba al final de la calle, a una manzana de distancia, pero él nunca había tenido fuerzas. Había querido hacerlo, antes de que llegara Benson y ellos hicieran grandes planes, corrección, antes de que llegara Benson y él hiciera grandes planes. Gideon estaba seguro de que harían todas las cosas familiares: paseos al parque, viajes al zoo, vacaciones...

La verdad era que ni si quiera podía llegar al maldito supermercado.

Bueno, antes que llegara Toby.

—Este barrio es precioso —dijo Toby empujando el cochecito. Gideon se preguntó si el chico dejaría de sonreír alguna vez—. Había olvidado lo azul que es el cielo aquí. Tres años en Inglaterra y casi pensaba que el cielo debía ser gris.

Toby nunca le daba a Gideon la oportunidad de hablar. No estaba seguro de si intentaba evitar silencios incómodos o si siempre hablaba sin parar. Pero seguía hablando.

—¡Y los árboles! Dios mío. Son preciosos. ¿Son higueras de la bahía de Moreton? Son enormes, y dan sombra a todo.

A Gideon ni siquiera le importaba que Toby siguiera hablando sin parar mientras llegaban al parque. No tenía la capacidad mental necesaria para una conversación en profundidad, así que era un alivio participar sin más esfuerzo que respuestas de una o dos palabras.

A Toby tampoco parecía importarle. Ni siquiera parecía darse cuenta. Extendió una manta sobre la hierba a la sombra, sacó a Benson del cochecito, lo tumbó suavemente en medio de la manta y le dio un juguete de oruga de colores brillantes para que jugara.

Benson estaba tan contento, dando pataditas y balbuceando, que Gideon se arrepintió al instante de no haberlo hecho antes.

Toby se sentó con las piernas estiradas y acarició la manta

junto a Benson. Levantó la vista hacia Gideon luciendo como el sol personificado, y Gideon tenía muchas ganas de sentir disgusto.

Quería despreciar a Toby, su comportamiento, su actitud positiva, su sonrisa permanente y sus ojos brillantes. El pesimista que había en Gideon quería poner los ojos en blanco y refunfuñar ante el cegador optimismo de Toby. Quería odiarlo por hacer que todo pareciera tan fácil.

Pero no podía.

Había calidez en ese sol. Había luz en aquella actitud positiva. Apenas conocía a Toby, pero había algo en aquella sonrisa que hizo que Gideon se detuviera.

Así que Gideon se sentó. Fuera, al aire libre. Casi había olvidado que existía.

—Gracias por sugerir que hiciéramos esto —dijo.

Toby sonrió con un agradable suspiro mientras miraba hacia el parque, y Gideon estudió su perfil lateral, odiando admitir que era bastante mono.

—De nada —dijo Toby mirándole con una sonrisa apacible—. Y me alegro de que te guste porque creo que deberíamos hacer esto más a menudo.

---

—¿Qué quieres decir con que él es caliente a nivel *Magnum PI*?

Toby se llevó el teléfono a la otra oreja mientras dirigía el carrito de la compra. Por supuesto, tuvo que elegir uno con la rueda torcida.

—Lo que quiero decir —susurró a su hermano—, es que está tan bueno como Magnum PI. No era una analogía difícil, Josh.

—¿El nuevo o el viejo?

—¿Hay uno nuevo?

—Así que el viejo.

Toby dejó de caminar. Aún no había pasado por la sección de frutas y verduras.

—No es viejo.

—Tobes, el Magnum PI original es viejo. Jesús, ¿tienes algo con los ancianos?

—No me gustan los ancianos —espetó Toby. Luego tuvo que sonreír a una ancianita horrorizada que sólo intentaba coger un buen manojo de apio. Pasó a la sección de fruta—. Tom Selleck no era viejo cuando interpretaba a Magnum PI. Era jodidamente sexi.

—Estoy buscando en Google mientras hablamos —dijo Josh. Toby podía oír el golpeteo de las teclas—. Oh, vaya. Esos pantalones cortos son muy cortos. Oye, no soy gay, pero... ¿tu nuevo jefe viste pantalones como estos?

—No me refiero a eso —respondió Toby—. ¿Cómo puedes no fijarte en el bigote? Y no, no lleva pantalones cortos así. No es que me importara mucho si lo hiciera. Sólo lo digo.

Josh se rio.

—¿Y las camisas de flores y el pecho velludo? ¿Tu nuevo jefe también tiene ese perfil?

—No que yo haya visto. —Entonces Toby reconsideró esto mientras cogía una bolsa de naranjas—. No que lo haya observado.

Josh se rio.

—A mí me parece que lo estás observando.

Añadiendo algunos melocotones y manzanas, Toby terminó en la sección de fruta y pasó al pasillo del pan.

—No lo estoy observando. No puedo estar mirando. Es mi jefe y hoy es técnicamente mi primer día. Sólo necesitaba decírselo a alguien.

—Nunca mencionaste nada de esto después de tu entrevista. Dijiste que era genuinamente agradable y que estaba agotado. No se mencionó a un dios del sexo de los 80.

Toby resopló.

—Intentaba fingir que no me había dado cuenta. Y hablando de agotamiento, debería darme prisa en volver. Los dejé durmiendo la siesta. No puedo estar perdiendo el tiempo, y tú también deberías estar trabajando.

—Tú me llamaste, ¿recuerdas? Y estoy trabajando. Me llamaste *al trabajo*. ¿Y cómo pagas esos comestibles? ¿Te ha dado su tarjeta de crédito?

—No, habilitó una tarjeta de crédito separada. Todos los gastos van en ella —dijo Toby mientras se acercaba al siguiente pasillo—. Dios, ¿por qué los supermercados tienen que mover de sitio todos los productos? He estado fuera tres años, y nada es lo mismo.

Josh se rio.

—Diviértete con eso. Nos pondremos al día cuando tengas un día libre. Cena o algo.

—Suena bien.

—Hermanito, es bueno tenerte de vuelta en el país.

Toby odiaba que Josh lo llamara así, pero era agradable estar de vuelta. Había echado mucho de menos a su familia. Se encontró sonriendo a pesar de su fastidio.

—Es bueno estar de vuelta. ¿Dónde coño está la salsa de soja dulce?

Oyó reír a Josh antes de que la línea se cortara. Estupendo. Levantó la vista y se encontró de frente con un empleado. Empujaba una transpaleta llena de cajas y Toby pensó que le echaría la bronca por haber dicho palabrotas, pero no. Se limitó a asentir.

—Pasillo cinco.

¿Pasillo cinco?

Ah, la salsa.

—¡Gracias!

Al volver a casa, Toby encontró a Benson aún dormido y a Gideon apenas despierto. Si realmente había dormido en el sofá, Toby no lo sabía, pero, aunque hubiera descansado diez minutos, era mejor que nada.

El hombre tenía unas ojeras importantes.

Toby puso las dos bolsas de lona en el banco de la cocina y Gideon fue inmediatamente a ayudar a guardar las cosas.

—¿Por qué no te lo tomas con calma? —sugirió Toby—. Puedo encargarme.

—Benson se despertará pronto —dijo.

—Y yo me ocuparé de él. —Toby le dedicó una sonrisa tranquilizadora. Siempre era difícil para los padres dar ese primer paso atrás—. ¿Quieres que te prepare una taza de té mientras me cuentas la rutina nocturna de Benson? Baño, cena, hora del cuento.

Gideon no parecía saber qué hacer ni qué decir cuando Toby lo sentó en una silla junto a la mesa con una taza de té recién hecho. Toby guardó la comida mientras Gideon le explicaba su rutina nocturna y la de Benson, que no tardó en despertarse.

—Voy a por él —dijo Toby y salió de la cocina antes de que Gideon pudiera levantarse.

Benson pasó de los lloriqueos a las sonrisas en cuanto vio a Toby.

—Este nuggetcillo de pollo pillo sabía que lo iban a sacar de la cárcel en cuanto me vio —dijo Toby entregándoselo suavemente a Gideon—. Ve con tu papi y te prepararé un biberón.

—Soy su papá —dijo Gideon en voz baja.

Papá. Vale, entendido.

Todo en Gideon cambió en cuanto abrazó a Benson. Toda su cara irradiaba amor. Lo abrazaba como si fuera lo más preciado de toda la galaxia y lo miraba con total asombro y admiración.

Estaba muy claro que Benson era todo el mundo de Gideon, y a Toby se le encogió el corazón al verlo. Aunque solo era el primer día, tenía *muy* buenas vibraciones con este trabajo.

# Capítulo Cuatro

GIDEON NO PODÍA CREER LO FÁCIL QUE ERA. LO bueno que era tener a Toby. Le preocupaba la adaptación y temía que ocurriera algo incómodo o terrible, pero la primera semana fue perfecta.

La primera noche, Toby había cocinado espaguetis a la boloñesa. Nada extravagante, pero delicioso, al fin y al cabo, y aunque Toby había sugerido primero pollo y ensalada, se había decidido por la pasta en su lugar. Y con la barriga llena de carbohidratos y la primera comida en condiciones en demasiado tiempo, Gideon se había quedado dormido. Estaba seguro de que por eso Toby había optado por la pasta.

Gideon ni siquiera recordaba haberse dormido. No recordaba haberse metido en la cama. Había apagado la luz y había caído inconsciente. Toby había dicho que se encargaría de todo las primeras noches para dejar que Gideon durmiera lo que tanto necesitaba, y Gideon había accedido, suponiendo que oiría a Benson y se levantaría a pesar de todo.

No había oído ni pío.

Se había despertado a las seis de la mañana sobresaltado, con el pánico de que algo malo hubiera ocurrido y, en cambio, se había encontrado a un sonriente Toby dándole el biberón a Benson.

¿Cómo podía alguien estar desarreglado por el sueño y cansado y seguir sonriendo así?

—Lo siento mucho. No lo he oído nada. ¿Se despertó a las dos? —Gideon se pasó la mano por la cara, intentando despejar la niebla—. Dios mío. Nunca había dejado de oírlo.

—No pasa nada. —Toby se había limitado a sonreír como si nada. Dio de comer a Benson, lo cambió, preparó el desayuno y estaba tomando el sol con Benson cuando Gideon se había ido a trabajar.

A Gideon le costó mucho salir a trabajar aquel primer día.

Les había telefoneado a las diez, luego a la una y otra vez a las cuatro. Por supuesto, todo iba bien. Oía a Benson balbucear alegremente de fondo, y Toby había acercado el teléfono para que pudiera oírlo aún mejor.

El segundo día no fue más fácil.

Al tercer día, Toby no había contestado a su llamada de la una. El teléfono sonó y la ansiedad de Gideon se disparó. Estaba a medio recoger y salir por la puerta cuando su teléfono sonó con un FaceTime entrante.

La cara feliz de Benson apareció en la pantalla, sonriendo y mordisqueando su oruga de juguete favorita. Gideon pudo ver que estaba tumbado en la manta que Toby extendía a menudo en el suelo.

—Saluda a papá —dijo Toby fuera de la pantalla.

Por supuesto, Benson no dijo ni una palabra, pero Gideon casi había llorado, hundido de alivio.

—Ahí está mi hombrecito —dijo.

Entonces apareció la cara de Toby en la pantalla.

—Pensamos que una videollamada hoy sería genial. Espero no haber interrumpido. Me imaginé que como llamaste, estabas libre. Sólo que primero necesitábamos un cambio de pañales.

—No me molesta en absoluto. —El corazón de Gideon estaba… feliz. No había sido feliz en mucho tiempo. Sí, era feliz con Benson, por supuesto. Pero no había sentido alegría. Alegría era una palabra mejor—. En realidad, te lo agradezco mucho.

—Entonces lo haremos todos los días a la una —dijo Toby.

Así lo hicieron.

Era lo mejor del día de Gideon. Bueno, aparte de llegar a casa y ver sonreír a Benson al verlo, o los primeros mimos después de un largo día. O los mimos antes de dormir, o la hora del cuento, cuando le leía a Benson con palabras suaves y tranquilizadoras mientras sus pequeños párpados pesaban cada vez más. Eso también era lo mejor.

El viernes, justo antes de la hora de comer, llamaron suavemente a la puerta de su despacho. Lauren asomó la cabeza.

—Hola, extraño —dijo—. Pasaba literalmente por delante de tu edificio y pensé en invitarte a comer.

—Claro —respondió—. ¿Puedes darme diez minutos? Estoy a punto de recibir una llamada muy importante.

Dio un paso atrás hacia la puerta.

—Oh, puedo volver…

—No, pasa. —Le hizo un gesto para que se acercara justo cuando entraba la llamada de FaceTime. Gideon contestó y apareció la cara regordeta y sonriente de Benson—. Mira quién se acaba de despertar —dijo la voz de Toby—. Saluda a Papá.

Benson gorgoteaba y balbuceaba con el puño en la boca. Gideon podría haber estallado de felicidad.

—¿Cómo está mi hermoso niño?

Toby respondió a pesar de que la cara de Benson nunca dejó la pantalla.

—Dile a tu papá que eres el mejor nuggetcillo de pollo que jamás haya existido.

Gideon sonrió, ni siquiera enfadado. Lauren le apretó el

brazo, con una sonrisa cálida. Cuando terminó la llamada, le dio una palmada en el hombro.

—Déjame invitarte a comer.

Sabía que le harían muchas preguntas y, por suerte, ella las retuvo hasta que estuvieron sentados en la cafetería y él se había comido la mitad de su sándwich.

—¿Así que las cosas van bien con Toby? —comenzó. En realidad, no era una pregunta.

Dio un sorbo a su café y suspiró.

—Ha sido un regalo del cielo. Honestamente no puedo agradeceros a Jill y a ti lo suficiente por encontrarlo.

Lauren le sonrió con cariño.

—Parece que has dormido.

Casi se ríe.

—Toby dijo que haría el turno de noche esta semana. No está en su contrato hacerlo, pero se ofreció y, sinceramente, creo que pensó que lo necesitaba.

—Lo necesitabas. Estabas a punto de caer muerto de cansancio.

—Unas cuantas noches bien dormidas y me siento como si pudiera conquistar el mundo. —Volvió a dar un sorbo a su café—. Bueno, ya no me muevo aturdido por el día. Ahí está eso. Y me da de comer. Cenas de verdad todas las noches. Vuelvo a sentirme humano. Y mi tiempo con Benson es... no lo sé. Ahora puedo apreciarlo. Y suena raro, pero hasta Toby, todo era un esfuerzo. Ahora, puedo disfrutar del tiempo con él sin preocuparme de las pequeñas cosas, y... —Se encogió de hombros—. No estar muerto de cansancio ayuda.

Lauren lo estudió durante un largo segundo.

—Tienes buen aspecto, Gideon. Sé que estabas preocupado, pero me alegro mucho de que esté funcionando. —Luego, con cierto tono, añadió—: Y me he dado cuenta de que sigue usando el apodo de nugget de pollo.

Gideon resopló.

—Excepto que ahora es nuggetcillo de pollo. —Negó con la cabeza, más hacia sí mismo—. Estoy tratando de decidir si todavía me molesta.

Ella se mordió el interior del labio.

—Por tu sonrisa, supongo que no.

—Aceptaré todas las victorias donde pueda conseguirlas.

Lauren comió un poco de su almuerzo. Luego, como si estuviera hablando del tiempo, añadió:

—También es guapo, ¿no crees?

Se encontró con su mirada.

—No. Quiero decir, claro. Es... como sea. Pero eso no puede pasar. Ni se te ocurra. No me interesa. No en nada que tenga que ver con otro hombre. Probablemente nunca. Y ciertamente no con un chico que básicamente ha llegado a mi vida como una gracia salvadora.

Lauren levantó la mano.

—Sólo estaba haciendo una observación.

Gideon no quiso decir nada más. En su cabeza resonaba la idea de "quizá el hombre protesta demasiado", así que no dijo nada más. Porque sabía que Toby era guapo. Sabía que era dulce, divertido y maravilloso con Benson.

Y sí, se había sorprendido a sí mismo mirando una o dos veces. También lo sabía. Pero aún le dolía el corazón. Drew había dejado una herida abierta en su corazón que dudaba que pudiera curarse, y Toby era un ángel que había venido a ayudar. Nada más.

Nada más.

———

LAS DOS PRIMERAS SEMANAS PASARON VOLANDO.

No fue precisamente difícil acostumbrarse, admitía Toby. Hermosa casa, hermoso bebé, hermoso clima. Había echado de menos el sol después de tres años en

Inglaterra. El clima primaveral de Sídney era absolutamente perfecto.

Había echado de menos a su familia, sobre todo a su hermano y también a sus padres, pero viniendo de una familia italiana, había muchos parientes a los que no había visto en años. Había echado tanto de menos la cocina de su madre que una barbacoa familiar en el patio trasero, con todos sus tíos y primos, era una forma estupenda de pasar su primer sábado libre. Compartir una mesa en el patio trasero con ellos y unas cervezas había sido la mejor manera de pasar una tarde calurosa.

—Primera vez libre en dos semanas —dijo su tío—. Eso es un poco duro. ¿Tus nuevos jefes son esclavistas o algo así?

—No, para nada —respondió Toby—. Sólo es un padre soltero desde hace poco, que intenta trabajar a jornada completa y hacerlo todo después de que su pareja los abandonara. Deberíais haberlo visto. Estaba a punto de caerse del cansancio.

—Oh, recuerdo aquellos días —añadió su tía—. Simplemente espantosos. ¿Y él solo? Pobrecillo.

Toby asintió.

—Se suponía que tenía el fin de semana pasado libre, pero sinceramente, estábamos entrando en una gran rutina y mi jefe por fin había dormido un poco, así que pensé en quedarme. Siempre hay un periodo de adaptación, así que estuvo bien. Y deberíais ver a este bebé. El niño más lindo que hayáis visto. Tres meses de edad, ojos grandes, tiene una sonrisa enorme.

*Y deberíais ver al padre...*

—Diles a quién se parece tu jefe —dijo Josh pavoneándose con su sonrisa de capullo, como si pudiera leer la mente de Toby.

Toby puso los ojos en blanco, pero todos esperaron a que respondiera.

—Puede parecerse o no a Magnum PI. Bueno, tiene un bigote a lo Tom Selleck. El Magnum PI de los 80.

—Ooooh, qué sexi —dijo Gigi de forma pícara. La prima mayor de Toby siempre había sido como una hermana para él—. ¿Y es soltero?

Toby negó con la cabeza.

—Es mi jefe.

—No estoy preguntando por ti, chico gay guapo que puede conseguir a quien quiera —dijo—. Estoy hablando de mí, mi yo eternamente soltero. Que no ha tenido una cita en demasiado tiempo.

Todos se rieron, y Toby se reclinó, disfrutando cada minuto de las bromas y discusiones de su familia, su madre intentando dar de comer a todos hasta que explotaran, su padre diciéndole que se sentara y dejara de revolotear.

Lo había echado mucho de menos y estaba muy contento de estar en casa. Aunque se sorprendiera a sí mismo mirando la hora y preguntándose si Benson estaba despierto, si había tomado el biberón, si se había echado la siesta.

Si Gideon estaba bien.

Toby sabía que Gideon era más que capaz. Sabía que Gideon podría arreglárselas muy bien sin él, sobre todo ahora que había conseguido dormir un poco. Pero seguía preguntándose. Preocupado.

Quiso enviarle un mensaje de texto y preguntarle una docena de veces, quizá incluso llamarle, pero se contuvo. Gideon lo tendría todo bajo control y Benson estaría bien. Se las había arreglado solo durante seis semanas, más o menos, antes de la llegada de Toby, así que sin duda podría aguantar un fin de semana.

Aunque Gideon estuviera convencido de que había fracasado, no lo había hecho. Había hecho un trabajo excepcional, y si Toby llamaba quizá a Gideon pensaría que no era capaz.

Así que no llamó ni mandó mensajes. Excepto el domingo por la tarde.

Volveré sobre las seis. ¿Quieres que de camino a casa compre algo para cenar?

Sabía que en cuanto lo enviara, Gideon le respondería con algo como "no es necesario, no espero que hagas eso" o cualquier otra forma de declinar.

Así que, antes de que Gideon pudiera responder, Toby envió otro mensaje.

Voy a por comida tailandesa. Nos vemos a las seis.

Un poco mandón, sí, pero Toby había aprendido que Gideon respondía mejor cuando Toby tomaba una decisión rápida y él le seguía la corriente. De lo contrario, Gideon se estresaba por tener ayuda de otras personas e intentaba hacerlo todo él.

Toby veía que Gideon elegía bien sus batallas. Estaba demasiado estresado y privado de sueño como para preocuparse por las cosas pequeñas.

Así que sería cena tailandesa.

Toby entró en casa poco antes de las seis. No había nadie en el salón, pero oía un suave canto en el pasillo y el chapoteo del agua. Gideon estaba bañando a Benson y cantándole. No era una canción, sino una alegre melodía sin sentido que llenaba a Toby de una felicidad que no esperaba.

Se quedó allí un momento, escuchando.

—Soy yo —dijo Toby suavemente, odiando interrumpirlos, pero sin querer asustarlos.

Unos segundos después, apareció Gideon, sosteniendo a un Benson recién bañado y envuelto en una toalla. Su pelo oscuro aún estaba húmedo, todo mejillas regordetas y enormes sonrisas.

Toby fingió hacerle cosquillas.

—Oh, mira a este pequeño, todo envuelto como un burrito de nuggetcillo de pollo.

Gideon suspiró, pero había un atisbo de sonrisa.

—¿Burrito de nuggetcillo de pollo?

Toby sonrió.

—De los más monos. —Levantó la comida tailandesa para llevar—. La cena está servida.

—Vestiré al burrito con su pijama —dijo Gideon poniendo los ojos en blanco. Eso hizo reír a Toby mientras cogía algunos platos y ponía la mesa, y para cuando hubo conseguido dos vasos de agua, Gideon ya estaba sentando a Benson en su columpio con su juguete favorito de oruga.

Toby tomó asiento y empezó a servir la comida.

—No sabía lo que realmente te gustaba, así que elegí un par de platos y pensé que podríamos compartirlos y picotear. Si quieres, mañana puedes llevarte al trabajo lo que no comamos. Aunque pedí que no hubiera cilantro y que el chile fuera suave.

Levantó la vista y vio a Gideon mirándolo fijamente. Parpadeó y salió de donde le habían llevado sus pensamientos.

—Genial, gracias. Y no tenías que hacer esto. Podría haber cocinado, o pedido algo.

—Sabía que dirías eso —dijo Toby tomando un bocado del pollo—. Por eso envié el segundo mensaje diciendo que yo me encargaba. —Señaló con el tenedor el pad krapow gai—. Está muy bueno.

Gideon sonrió al probarlo, asintiendo.

—¿Te han dicho alguna vez que eres un poco mandón?

Toby sonrió con la boca llena de arroz.

—Siempre.

Tomaron unos bocados en silencio.

—Entonces —dijo Gideon—. ¿Estuviste con tu familia?

—Con todos ellos —respondió Toby—. Tías, tíos, primos. Mi madre pensó que sería bueno agitar el árbol genealógico para que pudiera verlos a todos de una vez. Vengo de una gran familia italiana. Muy ruidosa, muchos gritos y conversaciones por encima de los demás, demasiada comida y mucho amor.

Los ojos de Gideon se suavizaron.

—Suena genial.

—¿Y tú? —preguntó Toby. No habían hablado de familias. No habían hablado de mucho más que de Benson—. ¿Familia grande?

Negó con la cabeza.

—Mis padres murieron cuando yo tenía nueve años. Mi abuela nos acogió, no es que quisiera, pero lo hizo. No le hacía mucha gracia tener que volver a cuidar de dos niños pequeños. Y falleció hace unos diez años. Así que sólo quedamos mi hermana y yo, la madre biológica de Benson. Nunca fuimos muy unidos. Lo que suena raro, considerando que adopté a su bebé. Pero ella lo estaba dando en adopción sin importar quién lo adoptara. Tengo tan poca familia que...

Toby sonrió.

—Ella tomó la decisión que era correcta para sí y para el bebé.

Asintió con un suspiro.

—Se mudó a Melbourne casi inmediatamente después y pidió que no la pusiéramos al día ni contactáramos con ella. Dijo que sería más fácil para todos. Tal vez tenga razón. No lo sé.

—Eso no debe haber sido fácil para nadie. —Toby se sintió mal por preguntar, su cena ahora no era tan apetecible—. Vaya. Estoy... —Toby no estaba seguro de qué decir—. Lo siento.

Gideon comió un poco del curry panang y utilizó una servilleta para limpiarse el bigote.

—No éramos muy unidos, ni siquiera de niños. Yo era mayor, y perder a nuestros padres fue duro para todos. No nos caíamos mal. Simplemente no estábamos unidos. Y cuando estaba en la universidad, me mantuve en contacto y le envié algo de dinero. Pero era una adolescente malhumorada, se metía en problemas, ese tipo de cosas. Yo dejé la uni y conseguí un trabajo en la ciudad, mientras que ella terminó el instituto y se largó.

Cielos.

Toby no podía ni imaginarse lo que era eso. Era tercera generación de italianos australianos, y la familia lo era todo. Decidió aligerar el ambiente.

—Y ahora tienes tu propia familia. —Señaló con la cabeza hacia donde Benson balbuceaba a la oruga, dando pataditas al aire.

Gideon sonrió mientras lo observaba.

—Así es. Sólo él y yo.

—Ejército de dos. Podéis enfrentaros al mundo.

—Bueno, hace dos semanas me habría reído de eso. O llorado. Pero ahora me siento mejor con todo. Quizá mi pequeño ejército de dos podría encargarse de ir al parque. —Su sonrisa se volvió triste—. Dios, hace dos semanas ni siquiera podía hacer eso.

—¿Fuiste al parque este fin de semana?

Hizo una mueca.

—No. Le di una vuelta a la manzana con el cochecito y lo saqué al jardín unas cuantas veces, le enseñé los árboles. Creo que le gusta la vegetación.

—¡Es realmente genial!

—No es el parque.

—No tiene por qué. Tienes un patio trasero. —Había que reconocer que era algo pequeño, pero bien podría haber sido

Hyde Park comparado con los pisos londinenses en los que Toby había vivido y que ni siquiera habían tenido balcón—. No creo que Benson conozca aún la diferencia. Espera a que descubra los columpios y las estructuras para escalar. Entonces tendrás que ir al parque.

Gideon le dedicó una sonrisa.

—Tienes talento natural para esto.

—Ah. Empecé con la familia numerosa y cuidando a los primos pequeños. Tenía ocho años y me pusieron a cargo de un batallón de niños pequeños.

Se rio.

—Nada te asusta.

Toby se encogió de hombros mientras comía más pollo y arroz.

—Te diré algo, y no quiero que suene grosero o desagradecido, pero éste es mi trabajo. —Gideon se estremeció, y Toby se apresuró a enmendar lo que había dicho—. No me malinterpretes. Te lo diré de otra manera: ¿qué haces en tu trabajo? Finanzas, clientes, carteras, mercados, tazas de interés, cosas que ni siquiera puedo empezar a entender. Y además tienes todo esto. —Señaló la habitación—. Tu casa, la hipoteca, las facturas. Y encima, una parte considerable de tu cerebro se dedica ahora a preocuparte por Benson. Cada segundo de cada minuto de cada día. Tú tienes todo eso en marcha, ¿y sabes lo que tengo yo?

Gideon se encogió de hombros.

—Benson —dijo Toby—. Sólo a él. Vale, y quizá a ti, un poco. Pero sobre todo Benson. Eso es todo. Asegurarme de que esté alimentado y feliz. Quiero decir, hay más que eso, obviamente. Pero me entiendes. Esto es todo lo que hago. Si un día no lavo la ropa, ¿qué es lo peor que podría pasar? —Bebió un sorbo de agua—. Tú tienes una docena de pelotas en el aire en cualquier momento, y yo estoy aquí leyendo *Una oruga muy hambrienta* y cantando "Brilla, Brilla, Estrellita".

Gideon lo miró fijamente.

—Quizá deberías darte un respiro —dijo Toby con amabilidad—. Estás haciendo un trabajo maravilloso. Y te contaré otro secreto comercial, y este es una pasada.

—¿Cuál es?

—Ningún padre sabe lo que hace. Ni uno solo. —Toby lo miró—. Ni siquiera los padres con cinco o seis hijos. Puede que sepan hacer algunas cosas, pero luego llega un imprevisto y se pierden. No existe un manual de instrucciones, y cada niño es diferente. Ni todos los libros de autoayuda del mundo pueden decirte cómo son en realidad. —Gideon no parecía convencido—. Te digo —añadió Toby—, que es verdad.

—¿Qué estás diciendo? ¿Que todo el mundo está improvisando? ¿No sólo yo?

Toby se rio entre dientes.

—Todos y cada uno de los padres. Puedes pedir consejo a diez padres distintos y probablemente obtendrás diez respuestas diferentes. Algunos parecen tener las cosas claras, pero te garantizo que no siempre es así. En cuanto ocurre algo nuevo, enseguida están al teléfono con alguien en plan "ayuda, ¿qué hago?".

Gideon se quedó callado un momento.

—No tengo a nadie a quien pueda preguntar realmente nada. Google es un campo de minas, pero algunos sitios de crianza están bien. He estado leyendo ese libro

*Qué Puedes Esperar* como si fuera una biblia.

—Y eso es perfecto. No todo el mundo tiene la red de apoyo de la familia en la que apoyarse. Así que realmente, ¿puedes ver lo bien que lo has hecho hasta ahora?

Sus labios se movieron bajo aquel precioso bigote, pero no dijo nada. Estaba claro que Gideon no aceptaba muy bien los cumplidos.

—Y ahora me tenéis a mí —añadió Toby alegremente en un intento de aligerar el ambiente—. Los dos sois vuestro pequeño ejército de dos, y yo soy más bien el refuerzo. Un copiloto con la bolsa de pañales, por así decirlo.

Él sonrió y cogió un poco de arroz con el tenedor.

—Entonces, ¿de verdad le cantas "Brilla, Brilla, Estrellita"?

—Sí —respondió Toby en tono de *dahhh*—. Le encanta mi voz de cantante. Piensa que es muy divertida.

La sonrisa de Gideon era tan despreocupada que Toby vislumbró al hombre que era antes de volverse tan reservado.

# Capítulo Cinco

GIDEON NO ESTABA SEGURO DE CÓMO HABÍA sucedido, pero antes de darse cuenta, Benson tenía cinco meses. Veintidós semanas. Dieciséis semanas desde que Drew los abandonó. Diez semanas desde que Toby se mudó y lo cambió todo.

Gideon había conseguido más contratos de trabajo, y no sólo porque durmiera mejor. Comía mejor, tomaba más el aire, tenía más estructura y menos estrés.

Todo por Toby.

Toby preparaba la cena la mayoría de las noches, se encargaba de la mayor parte de la colada, limpiaba y ordenaba, por lo que el tiempo que Gideon pasaba con Benson era puramente de padre e hijo.

Seguía haciéndole una videollamada todos los días a la una en punto, y ese seguía siendo el momento favorito de Gideon: ver esas mejillas regordetas y esas sonrisas de solo encías, llenar la pantalla de su teléfono. Luego llegaba a casa, jugaba con él, le daba de comer, lo bañaba, lo abrazaba y lo acostaba.

Benson estaba creciendo. Era feliz, crecía como la mala hierba, superando cada hito a un ritmo vertiginoso.

Toby había sido una bendición.

La mayoría de las noches cenaban juntos y Toby contaba todo lo que había pasado ese día, las citas que habían tenido o sus excursiones al parque, donde había conocido sin querer a un montón de otras madres y niñeras y, si el tiempo lo permitía, se ponían al día varias veces a la semana.

A veces incluso veían la tele juntos. Algunas noches, si Gideon tenía trabajo con el que ponerse al día, Toby leía un libro en su habitación, pero la mayoría veían juntos *Drag Race* o reposiciones de *Great British Bake Off*.

A Gideon le gustaban más esas noches.

Toby les preparaba una taza de té de frambuesa caliente con un cuadradito de chocolate negro al lado para rematar el día. Se sentaban en sofás separados y Gideon a veces se sorprendía a sí mismo mirando a Toby.

Sentado con una pierna metida debajo, se reía de algo en la tele, con su taza de té en la mano. O negaba con la cabeza ante la desfachatez de un concursante de cocina que no sabía que debía probar el pan una segunda vez...

Unas cuantas veces más de las que le gustaría admitir, Gideon tuvo que obligarse a apartar la mirada. No quería a Toby.

Quería no sentirse solo.

Quería esto, tan fácil como era, con la vida que se suponía que iba a tener con Drew.

Quería que Benson tuviera a sus dos padres.

Quería muchas cosas, pero su vida se había desviado bruscamente hacía dieciséis semanas. Luego, hacía diez semanas, el camino se allanó un poco, y el último mes había estado navegando tan cómodamente que ni siquiera se había dado cuenta...

Ya no se sentía solo.

Tenía a Toby. Y aunque su relación era estrictamente profesional, quizás Toby estaba ayudando a Gideon a superar el dolor por la muerte de su relación. Tal vez Toby ni siquiera lo sabía, pero tenerlo cerca ayudaba a Gideon más de lo que se había dado cuenta.

Gideon no había pensado en Drew desde hacía unos días, incluso una semana.

Y eso era una primicia.

—Oh, de verdad. Cómo puede ser ese tío un panadero aficionado —dijo Toby, señalando la tele—. Mira lo bueno que es.

Gideon sonrió.

—No sé cómo hacen la mitad de lo que hacen. Me cuesta hacer tostadas.

—Lo sé. —Entonces la mirada de Toby se dirigió a la de Gideon—. Quiero decir, las tostadas que haces son geniales.

—Me gustan bien cocidas.

Asintió detrás de su taza de té.

—El carbón es bueno para los dientes, aparentemente.

Gideon se rio.

—Las tostadas quemadas con mantequilla de cacahuete son mi placer culpable.

Toby terminó su té y se levantó, con la mano tendida hacia la taza de Gideon.

—Voy a prepararme para ir a la cama. Hoy haré el turno de noche.

—¿Estás seguro?

—Sí. ¿No dijiste que tenías una reunión mañana temprano?

—Bueno, sí, pero...

—Entonces está bien. —Puso las tazas en el fregadero y, al pasar, apretó ligeramente el brazo de Gideon—. Nos vemos por la mañana.

El brazo de Gideon ardía donde Toby le había tocado, con un calor persistente.

La puerta de la habitación de Toby se cerró con un chasquido silencioso y Gideon se quedó allí de pie durante unos segundos de incertidumbre antes de apagar la luz y dirigirse a su habitación. Tenía que quitarse esas tonterías de la cabeza. Tenía que dejar de pensar en él de forma inapropiada.

Y no era que Gideon quisiera algo sexual con Toby. Simplemente se sentía a gusto; se sentía cómodo con él. Le confiaba a Benson, y eso tenía un gran peso.

Gideon necesitaba dejar de lanzarle miradas. Tenía que dejar de gustarle el sonido de la risa de Toby y tenía que dejar de sentirse solo y desesperado por una conexión humana y empezar a tratar a Toby como se merecía.

Profesionalmente.

Después de todo, Toby había dicho que esto era sólo un trabajo para él. Era, en sus palabras, su trabajo cuidar de los dos.

Y tal vez el darse cuenta de que Toby sólo era amable con él porque era su trabajo, quizá le dolía un poco. Ciertamente hacía que su soledad doliera mucho más.

*Contrólate, Gideon.*

Lo que necesitaba era a sus amigas. Se sentó en el borde de la cama y enchufó el teléfono para cargarlo, pero envió un mensaje rápido a Lauren. Hacía más de una semana que no las veía, casi un récord.

> Os echo de menos. ¿Comemos en mi casa el sábado?

La respuesta de Lauren fue inmediata.

> No podemos el sábado. Es el cumpleaños del padre de Jill. ¿Qué tal si almorzamos el domingo?

Gideon sabía que Toby estaría en casa de sus padres hasta las seis. Contestó con el pulgar.

Perfecto.

Dejó el teléfono, se levantó, se quitó la camisa y se dirigió al baño. Llevaba los pantalones desabrochados y estaba a punto de bajárselos cuando oyó a Benson quejarse.

Era demasiado pronto para un biberón. Y Gideon estaba bastante seguro de que Toby estaba en la ducha; dijo que se prepararía para irse a la cama. Entonces Benson lloró y Gideon corrió hacia la puerta, tirando de ella, y casi se da de bruces con Toby.

Recién duchado, con el pijama limpio y el pelo húmedo.

—Oh —dijo Toby con la mano en el corazón—. Me has asustado.

—Lo siento, yo...

Los ojos de Toby se dirigieron al pecho de Gideon, luego más abajo, más abajo...

Y Gideon se dio cuenta de que sus pantalones estaban desabrochados. Se los abrochó rápidamente.

—Oh, mierda, lo siento. Iba al baño a ducharme.

Benson lloriqueó y la atención de Toby se dirigió a la puerta cerrada.

—Voy a por él.

Entró, con las luces apagadas y la voz baja.

—¿Qué te pasa, mi nuggetcillo de pollo? —murmuró. Benson dejó de llorar cuando Toby lo levantó—. Oh, vaya. Cambio de pañal, *urgente*.

Gideon se quedó allí en el pasillo, fuera de la vista, escuchándolos.

Sonriendo.

—Hasta la luna y de vuelta —dijo Toby—. Apuesto a que podrían oler esto en la luna. —Gideon oyó las lengüetas de velcro de los pañales—. Oh, cielos. —Y entonces Toby tuvo una fuerte arcada y Benson soltó una risita.

Gideon tuvo que reprimir una carcajada.

—Santo cielo. —Toby jadeó—. ¿Es una caca de dentición? Creo que puede ser. ¿A mi nuggetcillo de pollo le está saliendo un diente?

Gideon ni siquiera sabía que las cacas de dentición existían.

—Pantalones en su sitio, y creo que ahora intentaré dar un biberón y ver si cierto hombrecillo duerme hasta el desayuno —dijo Toby, y Gideon supo que lo decía en voz alta por su bien. Para que no se hiciera notar, porque si Benson lo veía en el pasillo, nadie volvería a la cama en mucho tiempo.

Se deslizó sigilosamente hasta su habitación, cerrando la puerta tras de sí lo más silenciosamente posible.

Se dio una ducha rápida y se metió en la cama. Puso el despertador, apagó la luz de la mesilla y sonrió en la oscuridad.

***

—¿CÓMO QUE TE VIO SIN CAMISETA Y CON LOS pantalones desabrochados?

—Me estaba desvistiendo para darme una ducha —explicó Gideon. Hacía rato que habían terminado de comer y estaban sentados hablando. Tanto Jill como Lauren lo miraban fijamente. Benson estaba en el regazo de Lauren, con un mordedor en la boca.

—¿Y?

—Y él... miró.

—¿Dijo algo?

—No. No lo ha mencionado. —Gideon miró a ambas—. Y yo tampoco. Lo cual es bueno. Esto no se trata de eso.

—¿Pero...? —presionó Jill.

—Pero nada. —Gideon no estaba admitiendo nada.

Jill lo miró fijamente.

—Gideon —dijo en voz baja—. Te conozco desde hace mucho tiempo.

Suspiró.

—Mira. Es estupendo. Es inteligente y divertido, y es taaaan bueno con Benson. Pero es empleado mío, y eso lo hace raro y asqueroso. Por no mencionar que estoy totalmente alejado de los hombres para toda la eternidad.

—Lo mismo —añadió Lauren con una sonrisa muy lésbica.

Gideon miró a Jill.

—Nunca arriesgaría ni pondría en peligro lo que tengo con él. Es el mejor cuidador de niños de la historia. Me ha salvado la vida, literalmente. Y la de Benson. Dios sabe qué habría pasado si no estuviera aquí. Ya dependo demasiado de él.

Jill le dio unas palmaditas en el brazo.

—Todo lo que digo es que Toby y tú ya tenéis cosas que hacéis juntos.

Entrecerró los ojos.

—¿Qué quieres decir?

—Cosas que hacéis... juntos. Él compra comida para llevar para las cenas del domingo. Es algo que hacéis. Tenéis programas de televisión favoritos que veis juntos. Es algo que hacéis. Te prepara una taza de té antes de acostarte. Es algo que hacéis.

—Es su trabajo —dijo Gideon dudando. Ni siquiera estaba seguro de creerlo.

Jill negó con la cabeza, y cuando Gideon miró a Lauren, ella también negó con la cabeza.

—Ese no es su trabajo.

Gideon sabía que el trabajo de Toby no consistía en ver la tele con él o hacerle tazas de té.

Maldita sea.

—No me siento solo con él aquí —susurró Gideon—. Ha llenado un vacío en mi vida. Un vacío muy platónico. Sabes que necesito estar rodeado de gente, siempre lo he necesitado, y él es una gran compañía. No necesito nada más que eso. No quiero nada más que eso. Después de Drew... —Gideon negó con la cabeza—. Ahora sólo estamos Benson y yo. Y mientras yo paso por todo esto y mientras Benson es tan dependiente, Toby llena el vacío. Platónicamente. Y eso suena mal, lo sé. Pero yo le pago y es su trabajo, y si consigo no sentirme solo porque a veces vemos la tele, ¿es tan terrible?

Jill frunció el ceño y negó con la cabeza.

—No. No es terrible. —Pasó el brazo por el hombro de Gideon y le dio un abrazo—. Lo siento. Ahora háblame otra vez de este pequeño. ¿De verdad le va a salir un diente?

Se encogió de hombros y asintió.

—Toby dijo que pueden tardar en salir unas semanas antes de romper las encías.

—¡Ay! —Lauren besó la cabeza de Benson—. Pobre nuggetcillo de pollo.

Gideon suspiró al oír el nombre, pero los tres se miraron y sonrieron.

Poco después, sonó el teléfono de Gideon. Estaba con la pantalla hacia arriba sobre la mesa y se detuvo en seco al ver el nombre de la persona que llamaba.

Drew.

Su ritmo cardíaco se disparó, se le revolvió el estómago y sintió frío por todas partes.

*¿Qué demonios...?*

—No contestes —dijo Jill bruscamente, sus ojos pasaron de la pantalla a Gideon—. No le contestes.

---

TOBY VOLVIÓ A CASA POCO ANTES DE LAS SEIS, COMO cada domingo, con una bolsa de comida para llevar en la mano. Estaba de muy buen humor. Había pasado un fin de semana estupendo con su hermano, pero tenía muchas ganas de ver a Benson. Echaba de menos al pequeño querubín, aunque sólo hubiera estado fuera dos días.

Y a Gideon.

A él también lo había echado de menos. Lo cual era absurdo. Pero su sonrisa, la forma en que entrecerraba los ojos cuando reía y su bigote ridículamente hermoso...

Justo cuando estaba a punto de meter la llave en la puerta, ésta se abrió y Lauren le sostuvo la puerta. No sonreía.

—Adelante.

—¿Qué pasa? —susurró con el miedo aumentando—. ¿Benson está bien?

Jill apareció de la cocina sosteniendo a Benson, con cara de preocupación.

—Él está bien, pero...

Y entonces Gideon salió al pasillo, tambaleándose e increíblemente borracho.

—Oh.

—Hola —dijo Gideon con la sonrisa torcida y la postura ladeada. Jesús, ¿cuánto había bebido? —¿Trrraes comida?

Toby miró la bolsa de comida para llevar que tenía en la mano.

—Eh, sí. Cordero griego con patatas.

Lauren cogió la bolsa con ojos suplicantes.

—La comida es probablemente una buena idea.

Asintió, porque sí, probablemente era una gran idea.

Gideon siguió a Lauren a la cocina y Jill se acercó a Toby.

—Dios, Toby —susurró—. Lo siento mucho. Drew llamó.

—¿Llamó?

Santo cielo. Toby no estaba seguro de por qué eso le impactaba. Y le escocía, si era sincero.

Extendió las manos hacia Benson y éste se inclinó hacia él, queriendo ir hacia él, y Toby sintió un alivio instantáneo en cuanto lo tuvo en sus brazos.

—Bueno, le preguntaría si está bien, pero claramente no lo está.

Jill negó con la cabeza.

—Le dije que no contestara. Ese gilipollas puede gritar dentro de un abismo por lo que a mí respecta.

—¿Sabes lo que le dijo?

Ella negó con la cabeza.

—Cogió su teléfono y contestó en el patio trasero. Estuvo fuera unos dos minutos. Volvió y abrió la botella de whisky que les habían regalado por su aniversario. Se bebió la mitad antes de que se la quitara. No es un gran bebedor, Toby. Nunca había hecho esto antes, pero estaba muy alterado y enfadado. Lo siento. —Cogió la mano del pequeño Benson—. Si quieres que nos quedemos, lo haremos.

Toby se balanceó de un pie a otro y besó la cabeza de Benson.

—No, todo irá bien. Creo que papá se dormirá antes que Benson esta noche.

Ella asintió.

—Dios, qué desastre. Tienes mi número. Llama si necesitas algo. Es un borracho plácido, normalmente sólo baila y canta mal, se ríe de todo. Pero estaba bastante alterado.

—Luego se zambulló de cabeza en una botella de whisky.

—Y no era una botella de whisky barata y tenía un grado de alcohol bastante alto.

Lo que explicaba su nivel de embriaguez.

Apareció Lauren.

—Está comiendo, al menos. No es bonito, pero debería ayudar.

Toby no sabía qué demonios podía haber dicho Drew para que Gideon reaccionara así. La verdad era que Gideon hablaba muy poco de Drew y, cuando lo hacía, era con un deje de desdén. Toby nunca le había pedido más detalles que aquel primer día. Había necesitado saber si había algún requisito de custodia o visitas y...

Oh, no.

Una sensación fría y espantosa se instaló en las entrañas de Toby.

—¿Crees que fue por el régimen de visitas o por la custodia?

Jill y Lauren se le quedaron mirando. Las fosas nasales de Jill se ampliaron y en sus ojos brilló fuego.

—No quería saber nada, joder —murmuró.

Lauren negó con la cabeza.

—Seguro que no. Se marchó hace meses, cuando Benson tenía apenas unas semanas. No quería saber nada de él. ¿Por qué querría algo ahora?

Toby volvió a besar la sien de Benson, abrazándolo un poco más fuerte. Había toda una lista de razones, y ninguna de ellas era buena: para no tener que pagar la manutención. Para hacer daño a Gideon. Sólo porque podía.

No es que fuera a decir nada de esto en voz alta.

Toby nunca había visto a Drew. Pero Dios, cómo lo despreciaba.

Una silla raspó el suelo de la cocina y Gideon murmuró:

—¿Dónde estáis todos?

Entonces apareció, balanceándose, con algún tipo de salsa en la mejilla, pero de algún modo no en el bigote. Vio a Toby sosteniendo a Benson y se balanceó hacia atrás.

—Mírate. Mi niño —dijo con los ojos llenos de lágrimas—. ¿Alguna vez has querido tanto a alguien? —Pero entonces se balanceó demasiado a la izquierda y Lauren ayudó a agarrarlo. Levantó las manos—. Lo siento. Lo siento.

—Quiero tomar a mi niño, pero... —Negó con la cabeza y se limpió los ojos—. Joder, estoy borracho. Lo siento.

—¿Qué tal si te llevamos a la cama? —le dijo Lauren.

Gideon asintió y volvió a balancearse, con los ojos aún

vidriosos. Se pasó la mano por la cara y su mirada se posó en Toby.

—Gracias. Lo siento. Haré el turno de noche —balbuceó.

No había forma de que Gideon hiciera algo así.

Cogió la mano de Benson, frunciendo de nuevo el ceño, con los ojos húmedos.

—Hasta la luna y de vuelta —murmuró.

Lauren lo llevó a su habitación y, cuando se hubo ido, Jill suspiró. Le dedicó a Toby una sonrisa triste.

—Por favor, no pienses mal de él. Creo que ni siquiera se permitió llorar cuando Drew se fue. Tenía que ser el fuerte por Benson. Créeme, mañana se sentirá bastante mal por todos.

Toby no sabía que decir a eso. No pensaba mal de él, en absoluto. Sintió pena.

Pero Benson empezó a quejarse, así que Toby le dio el biberón mientras Jill limpiaba el desastre que Gideon había hecho con la cena. Lauren volvió con cara de consternación.

—He puesto un cubo al lado de su cama.

Toby resopló.

—Genial.

—Mejor a que vomite en el suelo.

—Muy cierto.

—Intentaba no llorar —susurró.

Jill se hundió.

—Iré a sentarme con él un rato, luego podemos irnos. —Lauren le dedicó una sonrisa y le frotó el brazo al pasar.

Toby odiaba la idea de que Gideon estuviera molesto, pero no quería que Benson se diera cuenta, así que ocultó su preocupación y sonrió a Benson, que estaba tomando su biberón.

—Hola, mi nuggetcillo de pollo.

Benson sonrió alrededor de la tetina y Toby le sonrió.

—Mi nuggetcillo de pollo *pillo*.

Lauren frotó el brazo de Toby.

—Te adora.

—Es mutuo —respondió. Toby había querido a todos los niños que había cuidado, pero Benson era especial.

Jill volvió a salir, parecía agotada.

—Está dormido.

—¿Está bien? —preguntó Toby, sentando a Benson erguido para que pudiera eructar, frotándose la espalda.

—Mañana estará malo. —Recogieron sus bolsos y le dedicaron a Toby una sonrisa de disculpa—. Llámanos si necesitas algo. A cualquier hora de la noche.

—Lo haré. Gracias.

Toby cerró la puerta tras ellas, bañó a Benson y lo acostó en la cama, luego fue a la cocina a terminar de recoger. Comió un poco de cordero griego, pero no tenía mucho apetito.

Había sido una noche extraña. Una noche llena de acontecimientos y educativa. Se había enterado que Gideon casi nunca bebía (en el tiempo que llevaba allí, Toby nunca le había visto beber) y había aprendido que Jill y Lauren eran increíbles. Las había visto varias veces y siempre habían sido encantadoras y grandes amigas de Gideon, pero esta noche le habían ayudado mucho.

Y Toby aprendió que sentía cosas por Gideon que no estaba preparado para sentir. Se preocupaba por él. Le dolía verlo sufrir.

No sabía qué pensar de todo aquello.

Se quedó mirando la tele durante una hora o dos, con la mente en blanco, hasta que se obligó a levantarse. Puso el lavavajillas en marcha y apagó la luz cuando apareció Gideon.

—Necesito agua —murmuró. Ya no se balanceaba tanto, pero apenas tenía los ojos abiertos.

—Yo te la sirvo. —Toby llenó un vaso y se lo entregó—. ¿Estás bien?

Gideon bebió un largo trago y negó con la cabeza.

—Lo siento mucho.

—No pasa nada, Gideon —dijo Toby con suavidad.

Él puso el vaso sobre la encimera.

—¿Benson está dormido?

—Sí.

Frunció el ceño y bajó los hombros.

—Lo siento —volvió a decir—. Soy su padre y le he defraudado.

—No, no lo hiciste.

Su mirada se encontró con la de Toby.

—Odio tanto a Drew. Lo odio. —Se le escapó una lágrima, aunque él no pareció darse cuenta—. Quiere salirse de la hipoteca. Quiere vender o que yo le compre la casa. Lo cual está bien. De hecho, me alegro. Dejó de pagar su parte el día que se mudó. Pero vio a su abogado para hacerlo todo oficial, sacándome de su testamento y lo que sea. ¿Quieres saber por qué? Así, si algo me pasa, él no es de ninguna manera responsable de Benson. No es que lo hubiera sido. Pero sólo para estar seguro. Y no es que ni siquiera quiera tratar con Benson, sino que no quiere *en absoluto* tener nada que ver con él, joder. —Gideon se secó las lágrimas—. ¿Cómo puede odiarlo tanto? Benson es inocente en esto y, agh, ¡me pone tan furioso! ¿Sabes lo que ha dicho? Dijo que aún me quería y que me echaba de menos, pero que no quería ser padre. Dijo que acoger a mi sobrino arruinó nuestra relación. Lo llamó mi sobrino. —Algunas lágrimas goteaban desde la punta de su nariz y otras recorrían su cara mientras sollozaba—. ¿Quién coño dice eso? Benson es mi hijo. —Se golpeó el pecho—. Es mi hijo.

Toby se tragó sus propias lágrimas e hizo lo que le pareció correcto. Abrazó a Gideon. Gideon olía a alcohol, pero era sólido y pesado contra él. Y Toby lo rodeó con los brazos, estrechándolo con fuerza.

Gideon sollozaba y lloraba, con las manos apretando la espalda de la camisa de Toby.

—Lo odio —murmuró entre lágrimas—. Lo odio muchísimo.

Toby lo abrazó con fuerza, preguntándose cuándo había sido la última vez que Gideon había sido abrazado o cogido en brazos, o que había tenido algún tipo de contacto humano que no fuera el de abrazar a su hijo. Por la forma en que se aferraba a Toby, supuso que probablemente había pasado mucho tiempo.

Y se quedaron allí en la cocina hasta que Gideon dejó de llorar. Estaba pesado contra Toby, quien se preguntó si se habría quedado dormido. Toby le frotó la espalda.

—¿Estás bien?

Negó con la cabeza.

—No.

Luego la frente de Gideon se pegó al cuello de Toby, luego su mandíbula, luego su mejilla, su respiración corta y aguda, sus manos aun apretando la camisa de Toby.

El corazón de Toby latía a destiempo.

Sus bocas estaban tan cerca.

Muy cerca.

Casi rozándose.

Pero entonces la cara de Gideon se contrajo y se apartó. Retrocedió un paso inseguro, agachando la cabeza.

—Lo siento. Joder, lo siento. —Dio otro paso atrás y se dio la vuelta, con la mano en la frente—. Lo siento.

Antes de que Toby pudiera responder, Gideon se había ido.

Toby se desplomó contra la encimera y respiró hondo varias veces. ¿Qué demonios acababa de pasar?

¿Estaba Gideon a punto de besarlo?

¿Quería Toby que lo hiciera?

No, claro que no...

Tal vez.

Sólo un poco.

Mentiría si dijera que no había pensado en ello, si dijera que no encontraba a Gideon locamente atractivo.

Pero también era su jefe y Toby vivía en su casa, y por si eso no fuera suficientemente complicado, Gideon estaba borracho.

Sólo necesitaba un amigo.

Toby rellenó el vaso de agua, encontró unas pastillas para el dolor de cabeza y se dispuso a ponerlas en la mesilla de noche de Gideon, pero cuando asomó la cabeza en la habitación de éste, su cama estaba vacía. La puerta del cuarto de baño estaba entreabierta y la luz apagada. No estaba allí.

Y cuando se asomó a la habitación de Benson, Gideon estaba profundamente dormido en el pequeño sofá junto a la cuna.

Estaba claro que Gideon se sentía culpable por no estar en condiciones de cuidar de Benson y necesitaba estar cerca de este.

¿Cómo podía Toby estar enfadado con él?

No estaba enfadado porque Gideon se emborrachara. No estaba enfadado, ni siquiera decepcionado. Se sentía mal, simpatizaba con él. Se compadecía de Gideon porque su ex era un gilipollas. Benson no era su sobrino. Drew lo había dicho con el único propósito de herir a Gideon, y vaya si funcionó.

Toby quería protegerlos a ambos.

Sentía cosas por Gideon que no debería sentir.

Y verlo apretujado en el pequeño sofá sólo para estar cerca de Benson no ayudaba.

Toby dejó el agua y el Panadol en la mesita de noche de Gideon, cogió la manta de la cama y se la puso por encima. Mañana iba a tener la espalda y el cuello destrozados, por no hablar del dolor de cabeza que le iba a dar.

Supuso que nada de eso se acercaría a lo desconsolado que estaría.

# Capítulo Seis

GIDEON SE DESPERTÓ EN EL SUELO DE LA habitación de Benson. Tenía un vago recuerdo de haberse sentado en el sofá y haber apoyado la cabeza. Sólo quería unos minutos para escuchar a Benson respirar...

Intentó incorporarse y se arrepintió inmediatamente. Le dolía todo. Sentía la espalda muy adolorida, y la cabeza... vaya.

Había pasado tanto tiempo desde su última resaca que no recordaba que fueran tan malas.

La cuna de Benson estaba vacía, y el borde iluminado de las persianas le decía que era por la mañana.

Lunes por la mañana.

Cristo, tenía que ir a trabajar.

No recordaba cómo había acabado en el suelo, ni cómo la manta de su cama estaba ahora enredada alrededor de sus caderas, a menos que Toby hubiera...

Mierda.

Toby.

Gideon tuvo destellos de perder la cabeza en la cocina y de Toby abrazándolo, sus brazos fuertes, su cuerpo tan cálido...

¿O fue un sueño?

Entonces recordó contarle lo que Drew le había dicho por teléfono. Cómo se había enfadado de nuevo, cómo no podía contener las lágrimas.

Cómo Toby le había abrazado, consolado. Cómo Gideon casi lo había besado.

—Oh, Dios.

Gideon se restregó las manos por la cara y se puso en pie, con el cuerpo protestando a cada paso. Pero la cabeza... No le latía, en sí. Sentía como si tuviera un hacha clavada en el cerebro.

Y entonces su estómago decidió unirse a la fiesta de compasión. Pero necesitaba ver a Benson.

Llegó al vestíbulo, decidido a no dejarse amilanar por la luminosidad del salón.

—Buenos días —dijo Toby. Estaba sentado en el sofá con Benson en las rodillas, haciéndole eructar, con un biberón vacío junto a ellos.

Benson sonrió al verlo.

—Buenos días —respondió.

—¿Cómo te sientes?

Gideon negó con la cabeza.

—¿Qué hora es?

—Casi las siete.

Se encogió y se dejó caer en el sofá junto a ellos. Toby apoyó a Benson en el regazo de Gideon y se levantó.

—Este pequeño se moría de hambre. Se tomó una buena botella esta mañana.

—Como papá ayer.

Toby resopló.

—Prepararé café.

Gideon envolvió a Benson en un abrazo e inhaló aquel familiar olor a bebé, y Benson le recompensó con un enorme eructo. Gideon soltó una risita y lo hizo rebotar sobre sus rodillas, mientras las manitas regordetas de Benson le agarraban el bigote. Benson siempre se lo agarraba y no le dolía tanto.

Además, a Gideon no le importaba demasiado en aquel momento. Le dolía todo, y ver la gran sonrisa de Benson y sus brillantes ojos azules lo mejoraba todo.

Toby salió de la cocina con un vaso de Berocca efervescente.

—Toma esto primero. —Cogió a Benson. Gideon tomó la bebida y se la tragó. Nunca era agradable, pero sabía que le ayudaría.

Toby puso a Benson en su gimnasio de juegos y volvió de la cocina con dos cafés.

—Gracias —dijo Gideon. No quería que las cosas fueran incómodas entre ellos y sabía que tendría que abordar lo que había hecho.

Toby estaba sentado, sorbiendo su café, e incluso en pijama y con el pelo revuelto por el sueño, parecía mucho más arreglado de lo que se sentía Gideon. Y esperaba a que Gideon hablara.

—Bueno —empezó Gideon—, sobre lo de anoche. Lo siento mucho. Normalmente no bebo, y sé que eso no es una excusa. Quiero que sepas que no volveré a beber. Y si te hice sentir incómodo de alguna manera, lo siento mucho. Tienes todo el derecho a estar enfadado conmigo. Fue imperdonable. Y gracias por cuidar de Benson. Yo no estaba en condiciones de hacerlo, y tú diste un paso al frente cuando yo fallé. —Frunció el ceño—. Si no hubieras estado aquí...

—Si yo no estuviera aquí, Lauren y Jill se habrían quedado —dijo Toby—. Acepto tus disculpas, aunque quizá quieras llamarlas a ellas y ofrecerles la misma cortesía.

Gideon volvió a hacer una mueca de dolor.

—Tienes razón. Llamaré.

—Estaban muy preocupadas.

Asintió.

—Yo sólo... Perdí la cabeza. Aguanté durante meses, intenté ser el fuerte porque tenía que serlo. —Miró a Benson, que balbuceaba feliz y pataleaba en su gimnasio de juegos—. Entonces Drew siguió llamándolo mi sobrino. Como si yo no fuera un padre válido. Y me volví loco.

Toby suspiró.

—Nunca he conocido a Drew, y esto probablemente esté fuera de lugar, pero realmente no me gusta. —Miró a Gideon a los ojos—. Eres padre. Eres el padre de Benson, y eres un gran padre. Así que dejaste caer la pelota una vez. Creo que eso está permitido, teniendo en cuenta todo lo que has pasado. Y Benson está absolutamente bien.

—Si estuviéramos solos Benson y yo aquí, o si tú o cualquier otra persona no estuviera aquí, nunca habría bebido —dijo Gideon—. Todas las veces que estuvimos solos aquí, nunca bebí. Ni siquiera un vaso de vino.

—Bueno, me alegro de oír eso. Si te soy sincero, no me gustaría que se repitiera lo de anoche.

Gideon asintió. ¿Se refería a la bebida? ¿O al abrazo? No estaba seguro. No estaba dispuesto a preguntar.

Toby dio un sorbo a su café y se mordió el labio inferior.

—Si necesitas hablar o desahogarte, o si necesitas un hombro sobre el que llorar, me parece bien —dijo en voz baja.

*Entonces, ¿era por el abrazo?*

Gideon supuso que sí, pero no estaba seguro, así que asintió.

—Gracias. En realidad, no tengo a nadie... Tenía amigos. Creo que Drew se los quedó con la separación. Toda mi vida está ahí. —Hizo un gesto con la cabeza hacia Benson—. Bueno, tengo a Lauren y a Jill, claro, pero me apoyé mucho en ellas cuando llegó Benson, y luego cuando Drew se fue, y... —Se encogió de hombros—. Intentaba prescindir de ellas.

—Seguro que querrían que compartieras tus problemas, Gideon. —Sonrió, pero miró el reloj—. ¿Vas a trabajar hoy?

Gideon suspiró.

—Sí.

Entre otras cosas que tenía que hacer hoy, estaban llamar a su abogado y a su banquero, así que sí, tenía que ir a trabajar. Nunca había utilizado la resaca como excusa para no ir a trabajar. Tomó un sorbo de café.

—Será mejor que me duche. —Se levantó, e incluso después de todo lo que había dicho, todavía se sentía como si no fuera suficiente—. Gracias, Toby. Por lo de ayer, y también por todo. Estaría perdido sin ti. Y sé que estaba muy borracho anoche, pero ¿nos abrazamos? ¿O lo soñé todo?

Toby se rio entre dientes.

—Nos abrazamos. En la cocina.

—Me lo imaginaba. —Se hundió—. De nuevo, lo siento mucho. Yo sólo...

—Necesitabas un abrazo —dijo Toby. Sonrió detrás de su café, pero sus ojos eran suaves—. No pasa nada. Habías tenido un día de mierda y necesitabas desahogarte. Está bien, Gideon.

—Fue inapropiado de mi parte, y no quiero que pienses...

—Si fuera inapropiado o no consentido, te lo diría. O anoche te habría dado un rodillazo en las bolas.

Gideon resopló.

—Ya. Es justo.

Benson empezó a quejarse, Toby dejó el café y lo levantó.

—Tenemos que sacar a este nuggetcillo de entre medio de tanto juguete —dijo mientras desaparecían por el pasillo.

Gideon llevó las dos tazas de café al fregadero, se duchó y se vistió para ir a trabajar, y cuando volvió al salón ya se sentía medio humano. Benson estaba ahora boca abajo en su manta, mordisqueando a su oruga, y Gideon deseó poder quedarse en casa...

Toby salió de la cocina con un plato de tostadas. Echó un vistazo a Gideon y se detuvo.

—¿Todavía no te sientes bien?

—No, estoy bien —murmuró—. Me siento mucho mejor después de una ducha.

—Toma —dijo Toby tendiéndole una tostada—. No está quemada al carbón, que por lo visto es lo que más te gusta, pero te servirá para pasar la mañana.

Gideon la cogió con una sonrisa.

—Gracias. No sé a qué hora llegaré a casa. Hoy tengo que tratar de ver a mi abogado y a mi banquero. Sobre el tema de cambiar la titularidad de los documentos de la casa y eso.

—Está bien. Tómate el tiempo que necesites. Tenemos un día ocupado con la colada, quizá una excursión al supermercado y una cita para jugar en el parque esta tarde, dependiendo de cuánto duerma la siesta alguien hoy. Y si tengo suerte, quizá pase la aspiradora.

Gideon gimió de lo bien que sonaba eso comparado con lo que tenía que hacer.

—¿Quieres cambiar?

Toby negó con la cabeza.

—Completamente seguro que no.

—Comprensible. —Gideon sonrió, besó la frente de Benson y se fue a trabajar.

---

Toby no estaba seguro de si debía mencionar el abrazo-casi-beso de la noche anterior, pero se alegró de que Gideon lo hubiera hecho.

No es que mencionara el casi beso. Pero sí reconoció el abrazo y se disculpó una docena de veces, aunque Toby ni siquiera se enfadó. Por la mañana, cuando entró en la habitación de Benson, Gideon seguía en el suelo, junto a la cuna, profundamente dormido.

Porque quería estar cerca de su hijo. No podía estar enfadado con él.

Y tal vez el abrazo había sido algo inapropiado, pero cuando Toby lo repasó en su mente, estaba bastante seguro de que había tirado de Gideon para abrazarlo, y no al revés.

Pero el incidente había terminado y el casi beso se había olvidado.

Bueno, se olvidaría si pudiera dejar de pensar en ello.

Alrededor de la una, consiguió llegar al parque para la cita de juegos. Se trataba de una reunión local e informal de padres y cuidadores que se encontraban en el parque los lunes y los jueves. Toby era el único chico, pero no el único cuidador de niños. Alguna vez se había encontrado con alguno de los padres, aunque la mayoría de las veces eran entre tres y cinco adultos y entre tres y ocho niños, con edades comprendidas entre los cinco meses y los tres años.

Benson era el más pequeño, pero Malek estaba cerca, con siete meses. Era bueno tener otro bebé de edad parecida, así que mientras los demás niños jugaban y los cuidadores los perseguían, Toby y Benson podían sentarse en las mantas con Malek y su madre, Anika.

Toby estaba más unido a Anika que a cualquiera de los otros adultos que acudían al parque. No eran íntimos ni mucho menos, pero sabían lo suficiente el uno del otro como para entablar conversación. Ella sabía que llevaba tres años en el extranjero, que tenía familia en Sídney y que Benson era hijo único de un padre soltero.

Anika estaba de baja por maternidad con su tercer hijo. Era divertida y decía lo que se le pasaba por la cabeza. Quizá era un poco grosera, pero formaba parte de su encanto. A Toby le cayó bien nada más conocerse.

Anika tenía unos treinta y cinco años y estaba casada con un hombre maravilloso llamado Sean que, según ella, era el jefe de pista de su alocado circo. La mayor tenía cinco años, una niña llamada Anya que estaba en preescolar. El mediano era Riley, un niño de dos años que correteaba como un loco por el parque, y el pequeño Malek era el bebé más mono, con tanto pelo oscuro y los ojos marrones más grandes que Toby hubiera visto nunca.

Anika hacía que la crianza de tres niños pareciera fácil, y siempre hacía que las excursiones de Toby al parque fueran más divertidas. A veces cotilleaban sobre famosos y programas de televisión, pero la mayoría de las conversaciones giraban en torno a los niños, sus horarios de alimentación, la dentición y los supermercados con las mejores rebajas de la semana.

Después del día que había tenido Toby, el clima cálido era encantador, la sombra de los enormes árboles y el aire fresco era todo lo que necesitaba. Y a Benson le encantaba.

—Parece que has tenido un fin de semana duro —dijo Anika.

—Mi fin de semana fue genial —respondió—. Anoche fue... raro. No dormí mucho.

—Oh, eso no es bueno —susurró.

—No estuvo mal. Pero tampoco fue genial. Revelador y triste, sobre todo.

Frunció el ceño con un suspiro.

—¿Con el padre de Benson? ¿Va todo bien?

—Oh, claro —dijo Toby—. Hemos aclarado las cosas esta mañana y todo va bien. Creo que ahora lo entiendo mejor.

—¿Es raro, sólo vosotros dos? ¿Qué pasa cuando llega a casa? ¿Se hace cargo él y tú te vas?

Toby se encogió de hombros.

—Depende de lo que tenga que hacer. Es muy práctico. Trabaja mucho, pero adora a Benson.

—Y un padre soltero —reflexionó—. No debe ser fácil.

—No, no lo ha tenido fácil, eso seguro.

Anika le dio a Malek un mordedor y le limpió la barbilla.

—Tiene suerte de poder permitirse tenerte —dijo. No había mala intención en sus palabras. Como niñero, Toby entendía que la gente que podía permitirse pagar a cuidadores a tiempo completo en casa era privilegiada. Había mucha gente que no podía permitírselo y muchos no tenían familia ni amigos que les ayudaran.

Pero algo de eso había estado jugando en la mente de Toby.

Gideon había mencionado tener que comprar la casa a su ex y asumir la hipoteca él solo. O vender la casa.

O deshacerse de Toby.

No tenía idea de qué alternativa conseguiría Gideon para el cuidado de Benson. Ese pensamiento no le sentó bien.

No estaba preparado para que se acabara su tiempo con ellos.

Benson se inquietó un poco, así que Toby lo sentó cogiéndolo de las manos. Aún no se sentaba solo, pero le faltaba poco. Entonces Toby lo puso de pie, sujetándolo, pero dejando que sus piernas rebotaran sobre la manta. Chilló y balbuceó, mucho más contento.

—¡Qué monada! —dijo Anika haciéndole cosquillas en la barriga a Benson. Después de unos segundos dijo—: Hablando de monadas. —Señaló con la barbilla por encima del hombro de Toby—. Oh, cielos, viene hacia aquí. ¿Conocemos a este hombre?

Toby miró. Santo cielo.

—Sí. Claro que sí. —Toby giró a Benson para que pudiera verlo—. ¿Puedes ver a tu papá?

Anika le dio un codazo y siseó:

—Nunca dijiste que estuviera bueno.

Gideon llevaba pantalón de traje gris, camisa blanca por dentro, por supuesto, y sí, las mangas remangadas en los antebrazos. Los pantalones le quedaban bien y la camisa se ajustaba perfectamente a su cuerpo.

No era para nada una molestia.

—¿Os importa si me uno? —preguntó Gideon.

—Por supuesto que no —dijo Toby—. Toma asiento. Mira, Benson. Mira quién es.

Gideon se sentó en la manta y, en cuanto Benson lo vio, chilló y le tendió las manitas. Gideon sonrió al cogerlo, le dio un rápido abrazo y un besito en su regordeta mejilla antes de sentarlo en su regazo.

Toby hizo rápidas presentaciones a los demás, adultos y niños, y Gideon sonrió, aunque había cansancio en sus ojos, en su sonrisa.

Toby sabía que Gideon tenía cosas importantes que hacer hoy, pero no quería sacar el tema delante de los demás.

—Iba a casa —dijo Gideon como si hubiera leído la mente de Toby—. Pasaba por aquí y os vi, así que di media vuelta. —Besó la parte superior de la cabeza de Benson—. Pensé que sentarme en el parque con mi hombrecito favorito sonaba perfecto.

—Bueno, a este hombrecito lo has hecho feliz —dijo Toby, dándole a Benson una pequeña caricia en la pierna. Balbuceaba y gorjeaba, con un puño metido en la boca, babeando por todas partes, y Toby le limpió la barbilla con el babero.

Uno de los otros niños lloró después de caerse en el césped. Otro lloró porque quería más sandía cuando lo que realmente necesitaba era una siesta. Y así empezó la inevitable recogida. Una madre empezó a recoger porque tenía que ir a buscar a los niños al colegio, y Anika hizo lo mismo. Toby la ayudó con Malek mientras ella perseguía a Riley y recogía sus cosas, agradecida de no tener que andar mucho hasta el colegio para recoger a Anya. Otra cuidadora tenía que llegar a casa a tiempo para que los niños mayores bajaran del autobús, y alguien más tenía que ir al supermercado.

Muy pronto, sólo quedaban Toby, Gideon y Benson.

—¿Mi aparición causó un éxodo masivo? —preguntó Gideon.

Toby se rio entre dientes.

—No. Son casi las tres; eso significa que casi han terminado las clases. Y las reuniones de los lunes por la tarde son complicadas. Las mañanas suelen ser mejores porque los chicos no están cansados. Por la tarde, nunca sabes lo que va a suceder. Pero es un buen momento para la carrera escolar de la tarde.

—Supongo que tengo todo eso por delante.

—Sí, así es. —Casi le daba miedo preguntar, pero ahora era tan buen momento como cualquier otro—. ¿Saliste temprano del trabajo hoy?

Gideon asintió.

—Esta mañana no he servido para nada. Las resacas y yo no nos llevamos bien. Hice lo que tenía que hacer y mi jefe me dijo que lo dejara por hoy. Y hablé con mi abogado. Bueno, hablé con un socio. Resumiendo, es sólo una cuestión de modificar el papeleo, lo cual es bueno. Además de las enmiendas a mi testamento, quitando a Drew de todo. Tienen que redactar todo y harían que mi abogado lo viera y me llamara.

—Eso es bueno, ¿verdad?

Asintió.

—Sí. Debería haberlo hecho antes. Pero luego llamé a mi banquero e hice algunos números. Estando en finanzas corporativas, debería saber todo esto, pero es abrumador cuando te toca a ti. De todos modos, se portó muy bien con todo. Significa una revisión total, refinanciación, cobro de acciones para cubrir... —Pareció sorprenderse a sí mismo, como si probablemente estuviera compartiendo demasiado—. De todos modos, todo eso está a mi nombre. Drew y yo casi compramos acciones juntos. Gracias a Dios que lo mantuve separado. Pero mi banquero sabía qué hacer; supongo que se ocupa de separaciones todo el tiempo.

Toby suspiró y frotó el brazo de Gideon.

—No debe de haber sido fácil.

Gideon suspiró y negó con la cabeza.

—En realidad, ahora me siento bien al respecto. Una vez que me habló de ello, pude ver que al principio se trataba de que Drew quería protegerse, pero ahora se trata de que yo nos proteja a Benson y a mí. Realmente debería haberlo hecho antes.

—Has estado bastante ocupado —concedió Toby.

Gideon se encogió de hombros.

—Debería haber hecho tiempo. Me dedico a las finanzas, aunque a los seguros corporativos. No es exactamente lo mismo, pero debería haberlo sabido. —Levantó a Benson y le hizo pedorretas en la mejilla—. Pagaré mi hipoteca hasta que tenga ciento sesenta años. Pero es toda mía. Bueno, lo será.

Toby se rio, pero entonces se le ocurrió algo...

—¿Tendrás que reducirme el horario? ¿Para recortar gastos? No es que quiera que eso ocurra. —La idea lo hizo sentirse fatal—. Sería comprensible.

Gideon se burló.

—Dios, no. En todo caso, necesito trabajar más para poder hacer frente a los pagos de la hipoteca, para poder conservar la casa; para poder trabajar más horas, te necesito más que nunca. A mi jefe le parece bien que trabaje a distancia, pero mucho de lo que hago tiene que hacerse en la oficina. Hay archivos e información confidencial, ese tipo de cosas. Intentaré no estar más tiempo fuera de casa, pero Toby, ¡me has salvado la vida! No podría reducir tus horas, estaría absolutamente perdido sin ti.

Toby sintió una oleada de calor al oír sus palabras.

—Bueno, salvar la vida sería un poco exagerado. Salvar la cordura, tal vez.

Sonrió.

—Vida y cordura. Las dos cosas. Y como otra disculpa por lo de anoche, pensé en cocinar la cena esta noche. ¿Si te parece bien?

Toby no pudo ocultar su sorpresa.

—¡Claro!

—Y una cosa más.

—¿Qué es eso?

—Por favor, no vuelvas a dejarme dormir en el suelo.

Toby se rio.

—*Estabas* en el pequeño sofá de la habitación de Benson.

Se quejó.

—No me extraña que la espalda me esté matando.

Benson empezó a gruñir, así que Toby se levantó.

—Vamos, hora de casa para este nuggetcillo de pollo.

Gideon gimió mientras se ponía de pie.

—Y para el papá del nuggetcillo.

# Capítulo Siete

GIDEON SE MANTUVO FIEL A SU PALABRA DE HACER la cena, aunque fue fácil porque, en algún momento del día, Toby había abastecido por completo la nevera y la despensa.

¿Habría algo en la vida de Gideon que Toby no consiguiera perfeccionar?

Mientras Gideon preparaba una pasta con queso, tomates cherry y espinacas, Toby bañó a Benson y lo vistió con el pijama. Lo llevó a la cocina, soplándole una pedorreta en la mejilla, haciéndole reír.

Eso hizo que Gideon se detuviera, con el corazón latiéndole dolorosamente.

¿Fue oír la risa de Benson? ¿O fue ver a Toby con él? ¿Abrazarlo con tanto afecto, hacerlo reír así?

Todo lo que el gilipollas de su ex no era.

Gideon negó con la cabeza, apartando de su mente cualquier pensamiento errante. La cara de felicidad de Benson lo hizo sonreír. Y la de Toby...

*Basta, Gideon. No pienses así de él.*

—¿Has ido de compras esta mañana? —preguntó Gideon, tratando de recuperar la compostura.

—Claro que sí.

Gideon no estaba seguro de cómo Toby lo hacía todo sin esfuerzo. Cuando Gideon estaba solo con Benson, apenas podía ducharse en un día. Toby hacía la compra, las citas, la colada y las excursiones al parque.

—Toma —dijo Toby entregándole a Benson—. Yo serviré la cena. Alguien quiere mimos de papá.

Gideon cogió a Benson, aspirando su olor a bebé limpio. Benson llevó las manos a la cara de Gideon, agarrándole bien el bigote.

—Ah. No, Benson. Pobre papá —dijo intentando soltarse.

Toby puso dos platos en la mesa.

—Le encanta el bigote.

Gideon puso a Benson en su hamaca y lo acercó a la mesa para que pudiera verlos mientras comían.

—Mm —tarareó Toby después de su primer bocado—. Esto está muy bueno.

Fingió que ese cumplido no le animaba más de lo que lo hacía.

—Gracias.

Comieron en silencio durante unos bocados.

—Entonces —dijo Toby dando un sorbo a su agua—. El bigote. ¿Siempre lo has tenido?

Gideon sonrió mientras tragaba su bocado.

—Estaba en la universidad y todos los chicos intentaban imitar a los chicos de *Movember* —respondió—. Ya sabes, se dejaban crecer la barba para recaudar fondos para la salud masculina. Al principio era una broma, pero al cabo de un mes me acostumbré. Me quedaba bien y me gustaba. Lo llevo desde entonces.

—Te queda bien —convino Toby—. Muy Tom Selleck.

Gideon soltó un bufido.

—He oído todos los chistes de Magnum PI que puedas imaginar.

Toby se rio entre dientes.

—Oh, me lo imagino. —Comió unos bocados más—. Así que, quería comentarte algo, y es completamente tu decisión.

Gideon no estaba seguro de que le gustara como sonaba esto...

—Hoy he ido al supermercado y he comprado Farex.

Gideon casi se atraganta con la pasta. Tuvo que toser y beber agua antes de poder hablar.

—*¿Qué?*

Toby lo miró fijamente.

—Farex. Es un cereal de arroz para bebés. ¿Por qué, qué pensabas que era?

Le ardía la cara.

—Pensé que habías dicho otra cosa.

Toby se rio al principio, luego sus ojos se clavaron en los de Gideon.

—Dios mío, ¿creías que había dicho Lurex? —Obviamente sorprendido y riendo, negó con la cabeza—. Eh, no. Porque no he dicho eso. Pero explica tu reacción.

*Sí, porque comprar condones o lubricante sería una conversación apropiada para la cena, Gideon. Cielos.*

Toby estaba claramente divertido, ni siquiera un poco avergonzado.

—No, he dicho Farex. Suele ser el primer alimento sólido. De todos modos, dado que Benson ahora toma biberones más grandes con más frecuencia, me preguntaba si te gustaría darle un poco de Farex. Depende de ti, por supuesto. Sólo cuando creas que esté listo. Pensé en tomar un poco cuando lo vi hoy, por si acaso. Eso es todo.

Gideon miró a Toby y luego a Benson. Estaba en su hamaca, pero pataleaba un poco y empezaba a ponerse de mal humor.

—¿Crees que está listo? —preguntó Gideon. Claro, se había dado cuenta de que Benson tomaba biberones más grandes y con más frecuencia, y había atribuido su malestar a la dentición—. Dios mío, ¿lo he estado matando de hambre?

Toby se acercó y apretó la mano de Gideon.

—No. Claro que no...

—Porque no sé estas cosas. Pero debería, ¿no? —Eso no era una pregunta, porque Gideon *debería* saber estas cosas. Por supuesto que debería saber estas cosas—. Oh, Dios...

—¡Vale, para! —Toby apretó con más fuerza la mano de Gideon, y funcionó porque Gideon se detuvo—. No lo estás matando de hambre. Está perfectamente sano y feliz. Y no se espera que lo sepas todo.

—Pero tú lo sabes todo.

Se burló.

—No, no lo sé. Sólo que he cuidado bebés. ¿Cuántos bebés has cuidado tú?

—Bueno... ninguno.

—Y tengo un título en desarrollo infantil —añadió Toby—. Saberlo es mi trabajo.

*Y yo soy su padre. Es mi trabajo saberlo también.*

Toby negó con la cabeza, casi sonriendo.

—No. Sé lo que estás pensando. Que eres su padre y deberías haberlo sabido. No vamos a sacar el tema de la culpa.

—¿Cómo sabías que eso era lo que estaba pensando?

Se rio entre dientes y palmeó la mano de Gideon antes de volver a reclinarse.

—Porque sé que es exactamente donde tu mente habría ido porque eres un buen padre, Gideon.

El dorso de la mano de Gideon seguía sintiendo el calor del contacto con Toby, pero hizo lo posible por ignorarlo. En lugar de eso, centró su atención en Benson.

—¿Crees que está listo?

Era una pregunta redundante, se dio cuenta Gideon, porque Toby no habría comprado el maldito alimento si no creyera que Benson estaba preparado para ello.

Toby le dedicó una suave sonrisa.

—Sólo podemos intentarlo. Si no está preparado, nos lo hará saber. Pero deberías ser tú quien le diera de comer. La primera comida sólida es una fecha que hay que apuntar en su álbum de bebé.

Gideon sonrió. No sabía cómo lo hacía Toby. Aliviaba sus miedos, lo tranquilizaba y le recordaba que lo estaba haciendo bien. Era una fuente inagotable de apoyo, sabía exactamente qué decir y cuándo decirlo. Era el tipo de apoyo que había esperado obtener de Drew; en cambio, obtuvo todo lo contrario.

Toby era un montón de cosas que Drew nunca fue.

Claro que Gideon estaba pagando por las amables palabras y el buen corazón de Toby, pero no estaba seguro de si le importaba el tecnicismo. Toby lo hacía feliz, y aunque fuera una obligación profesional, Gideon lo aceptaría.

---

—Mira quién es —dijo Toby. Estaba haciendo rebotar a Benson en su rodilla, ambos sonreían mientras Gideon salía en pijama—. Papá, mira quién es un niño grande y durmió toda la noche.

Gideon se detuvo, su sonrisa se ensanchó.

—¿De verdad?

Toby se levantó y cargó a Benson como si fuera un avión, con los efectos de sonido "vroom", directo a los brazos de Gideon.

—Sí, lo hizo.

—No lo oí —confesó Gideon—. Supuse que se había levantado. Creo que aún me estoy recuperando de beber alcohol y dormir en el suelo. Lo siento. —Le dedicó a Toby una sonrisa de disculpa y luego sopló una pedorreta en la mejilla de Benson—. Un niño grande, ¿eh? ¿Durmió bien toda la noche?

Toby asintió.

—Se despertó justo antes de las seis. Ha tomado un biberón esta mañana, pero podríamos probar con más Farex.

—¿Crees que por eso se quedó dormido? ¿Por tener la barriga llena? —preguntó Gideon.

—Probablemente. —Toby se encogió de hombros, aunque pensaba que era así—. ¿Qué tal si nos preparó un café?

Toby los dejó y se dispuso a preparar dos tazas de café, podía oír los murmullos de Gideon y las risitas de respuesta de Benson. Era el sonido más dulce.

Gideon le siguió hasta la cocina y se apoyó en la encimera, abrazando a Benson y fingiendo darle suaves mordiscos con los labios en la barriga, haciéndole reír.

Toby puso el café de Gideon en la encimera a su lado.

—Alguien está siendo extra mono hoy.

Gideon le sonrió de una forma para la que Toby no estaba preparado. Gideon estaba desarreglado del sueño con sus pantalones azules de pijama y su camiseta blanca, el pelo hecho un desastre y una barba con tres días de crecimiento, pero esa sonrisa...

Era cálida y de algún modo personal, e hizo que a Toby se le revolviera el estómago.

¿Qué demonios...?

*Por Dios, Toby. Contrólate.*

Gideon estaba de buen humor, feliz, y se estaba portando bien con su hijo. Esa mirada, esos ojos estaban llenos de afecto por Benson.

Toby tuvo que recordárselo a sí mismo.

Dio un sorbo a su café y se volvió hacia la despensa.

—¿Qué tal si preparo un segundo desayuno para este pequeño Hobbit? —dijo Toby—. Luego puedes ir a prepararte para el trabajo.

En realidad, no estaba preguntando. Ya había sacado el Farex.

—¿Estás seguro? —preguntó Gideon.

—Sí, claro. Pero para que lo sepas, cuando empiece a comer comida de verdad, no puedo prepararle puré de plátano. A los bebés les encanta, pero a mí me da arcadas, así que tú harás todo eso. Puedo hacer casi cualquier cosa, pero no plátanos blandos o cocidos.

Gideon sonrió mientras sorbía su café, con Benson en la cadera.

—Trato hecho. ¿Pero eso significa que ni siquiera te gusta el pan de plátano?

Toby hizo una mueca.

—Puaj, no.

—¿Ni siquiera tostado?

Casi le dan arcadas de pensarlo.

—Especialmente no caliente. Eso lo empeora.

Gideon se rio entre dientes.

—¿Cómo no lo sabía?

—Porque nunca hemos tenido la conversación de "qué comida te hace vomitar".

—Cierto. Aunque hemos hablado del cilantro. Y col rizada.

—Exacto, lo hemos hecho.

—¿Qué pides en una cafetería para el almuerzo o desayuno tardío si no comes pan de plátano? Pan de plátano y café es mi plato básico.

—Literalmente cualquier otra cosa. La tostada francesa es la reina suprema. —Toby mezcló el Farex en un bol—. Aunque el almuerzo puede ir en cualquier dirección. Puedes pedir un desayuno completo o un trozo de tarta de queso. Un bol de yogur con bayas frescas, o el pollo frito con gofres. En el almuerzo no hay reglas.

De nuevo esa sonrisa cálida y personal.

—No hay ninguna regla. —Evitando otra oleada de mariposas, Toby volvió a mezclar el cereal de arroz, lo bastante líquido como para estar casi en el biberón de Benson. La pálida sustancia viscosa era una buena distracción y dejó que goteara un poco de la cuchara—. ¿Está listo el pequeño Hobbit para su segundo desayuno?

Toby dio de comer a Benson mientras Gideon se duchaba y casi había terminado de limpiar a Benson cuando Gideon reapareció con el traje puesto.

—Creo que nos hemos echado más comida encima de la que hemos comido —bromeó Toby—. Pero le gusta, y hoy es un bichito feliz.

Gideon resopló.

—Bichito es nuevo. También pequeño Hobbit.

Toby sonrió con orgullo.

—Él siempre será un nuggetcillo de pollo.

Gideon sonrió, desapareció en la cocina y, unos instantes después, salió sosteniendo un plato con una tostada con mantequilla de cacahuete. Se la dio a Toby.

—Para ti.

—Oh. —Toby se sorprendió por el gesto, tan simple como fue—. Gracias.

Gideon mordió su propio trozo.

—No estoy seguro de a qué hora llegaré a casa —dijo—. Después de estar fuera casi todo el día de ayer, probablemente tendré que ponerme al día.

—No hay problema —respondió Toby—. ¿Sigue en pie el FaceTime a la una?

Gideon recogió las llaves de su coche y le dedicó una enorme sonrisa a Toby.

—Por supuesto.

Toby le dio a Gideon una taza de té con un cuadrito de chocolate negro antes de sentarse en el sofá, justo cuando empezaba el programa de repostería favorito de Toby. Gideon acababa de acostar a un Benson profundamente dormido en su cuna, y parecía cansado.

—¿Un día largo? —preguntó Toby. No habían tenido oportunidad de hablar desde que llegó a casa.

Gideon dio un sorbo a su té y canturreó.

—Así fue. Trabajo, una llamada con mi abogado. —Miró a Toby—. Y más trabajo.

—Oh, ¿está todo bien? —preguntó Toby—. Con tu abogado.

—Sí. Sólo quería aclarar algunas de las cosas que su socio y yo discutimos ayer. Todo estuvo bien. Sólo... agotador. —Luego sonrió—. Pero me alegro de volver a casa. Me encanta bañarme y cenar con Benson. La cena también estuvo genial, gracias.

—De nada.

—Sé al cien por ciento que no podría hacer esto sin ti.

A Toby le ardía el pecho, justo detrás del esternón.

—Estoy seguro de que podrías.

No es que Toby quisiera pensar en Gideon haciendo algo de esto sin él.

Gideon resopló, incluso puso un poco los ojos en blanco.

—Excesivamente improbable.

Toby ignoró la bonita sonrisa y volvió a centrar su atención en el programa de repostería de la tele.

—Dios mío, están haciendo pan de plátano. Me has gafado.

La risa de Gideon fue profunda y cálida, y Toby hizo todo lo posible por ignorar lo feliz que le hacía aquel sonido.

La noche siguiente vieron episodios seguidos de *Drag Race*, y la siguiente algunos capítulos de esas mansiones ridículamente caras en islas tropicales. Tomaron tazas de té de frambuesa y cuadritos de chocolate negro, se rieron y hablaron, y Toby supo que aquel no era como sus otros trabajos.

Siempre había pasado las tardes y las noches en su habitación. Siempre había mantenido esa distancia profesional.

Nunca había querido pasar tiempo con ninguno de sus otros jefes. Pero Gideon no era como ellos.

Para empezar, era padre soltero. Había pasado por una ruptura terrible y apreciaba la compañía de Toby.

Y era gay. Todos los demás para los que Toby había trabajado eran muy heterosexuales, lo que nunca había sido un problema, por supuesto. Pero había solidaridad en trabajar para un compañero homosexual. Especialmente uno que estaba haciendo todo lo humanamente posible para ser el mejor padre que pudiera ser.

Toby lo respetaba.

Simpatizaba con él. Lo comprendía. Le gustaba.

—¿Cuáles son tus planes para este fin de semana? —preguntó Gideon. Toby no se había dado cuenta de que el programa de televisión había terminado. Apuró el resto del té de su taza—. ¿Alguna loca cena familiar?

Toby negó con la cabeza mostrando una sonrisa.

—No. Mi hermano me ha estado acosando para que vaya a los clubes con él. Creo que se me han acabado las excusas.

Gideon puso cara de haber comido algo en mal estado, pero no querer ofender al cocinero. Luego intentó sonreír, pero tampoco le sentó del todo bien.

—Deberías ir, divertirte.

—Es la idea de diversión de Josh. No la mía. Soy mucho más de quedarme en casa.

Los ojos de Gideon se encontraron con los de Toby y su sonrisa fue mucho más natural.

—Lo mismo. Bueno, ahora sí. Soy demasiado viejo para esa mierda.

—No eres viejo.

—Mi cuerpo no está de acuerdo. Me di una paliza el domingo por la noche y aún no me he recuperado.

Toby se rio entre dientes.

—No fue el whisky lo que hizo el daño. Fue dormir en el pequeño sofá y en el suelo.

—Fue todo. Créeme.

—Probablemente. —Toby se encontró sonriéndole—. Pero dime una cosa. Si no tuvieras a Benson, si fueras soltero, no tuvieras responsabilidades y pudieras hacer lo que quisieras, ¿qué estarías haciendo este fin de semana?

Se tomó un segundo para pensarlo y suspiró.

—Estaría sentado en mi sofá con mi cómodo chándal, bebiendo té de frambuesa y viendo programas de televisión sobre ridículas mansiones en alguna isla privada de Tailandia.

Toby se rio.

—No hablas en serio.

—Por supuesto que sí. —Gideon sacó el pie para mostrar sus pantalones de chándal y golpeó su taza de té—. Viviendo el sueño aquí mismo.

Toby le sonrió porque, maldita sea, si ese no era también su sueño. No es que lo dijera en voz alta.

A la noche siguiente, justo a las seis, Josh llegó a recoger a Toby. Tenía exactamente cuarenta y ocho horas para descansar, relajarse y recuperar la cabeza, y no podía haber llegado un momento demasiado pronto.

Gideon llevaba media hora en casa y estaba alimentando a Benson. Sentado en el sofá, en traje de faena, dándole el biberón a Benson y sonriéndose el uno al otro.

Toby tuvo que obligarse a marcharse.

Dejó su bolsa en el asiento trasero del coche de Josh y subió a la parte delantera.

—Hola —dijo Josh con su sonrisa habitual—. Cena con los padres, porque mamá dijo que teníamos que hacerlo, y luego vamos a salir. No te vas a librar… —Sus palabras se interrumpieron mientras estudiaba a Toby—. ¿Qué pasa?

Toby lanzó una rápida mirada a su hermano, con un nudo enorme en el estómago.

—Creo que estoy en problemas.

Josh dejó de sonreír.

—¿Qué quieres decir? ¿Pasó algo?

—No, nada malo. Probablemente lo contrario. No sé. Jesús.

—Dios mío. ¡Te gusta!

—Cállate —siseó Toby—. ¿Y puedes conducir? Estamos aparcados delante de su casa como bichos raros.

Arrancó el motor, su sonrisa ahora era una mueca engreída.

—Te gusta el bigote de Tom Selleck.

—No. Es sólo… Sigo pensando… pensando demasiado, más bien. —Toby soltó un suspiro agudo y extendió las manos como un gesto de eso es todo—. Es mi jefe y vivo en su casa, y esto es absurdo y sólo puede acabar en lágrimas. Mis lágrimas, claro. Sólo porque es increíblemente guapo y dulce y divertido y…

—Mierda. Realmente te gusta este hombre.

—¿Puedes conducir por favor?

Josh salió a la calle y permaneció en silencio durante una o dos manzanas.

Toby no estaba muy seguro; su mente daba vueltas en círculos.

No iba a contarle a Josh lo del beso que casi le había dado el domingo por la noche. No iba a contarle cómo había querido que Gideon lo besara. No iba a contarle cómo hablaban todas las noches tomando tazas de té, o cómo tenían FaceTime todos los días a la hora del almuerzo. Bueno, la videollamada era para Benson, pero ver a Gideon sonreír cuando veía a Benson, ver y oír cómo le hablaba, era lo mejor del día de Toby.

No podía explicarle nada de esto a Josh. Porque Josh sería la voz de la razón y diría cosas como "tienes que dejarlo" o "quizá deberías buscarte otra familia para hacer de niñero" y Toby no quería oír eso.

—Tobes —dijo Josh—. ¿Sabes lo que pienso?

Toby suspiró.

—No quiero oír...

—Tienes que salir esta noche, emborracharte como una puta y enrollarte con algún chico.

Oh.

Toby lo miró fijamente y luego soltó una carcajada. No era lo que esperaba que dijera. Pero quizá *era* lo que necesitaba. Hacía tiempo que no se enrollaba con nadie. Una paja estando borrachos en el baño de una discoteca de Londres, para ser exactos...

Dios, cuánto tiempo.

—¿Sabes qué? —dijo Toby—. Creo que podrías tener razón.

# Capítulo Ocho

—CREO QUE TENGO PROBLEMAS —DIJO GIDEON. Ensartó con el tenedor su albóndiga de cerdo y miró con el ceño fruncido a Lauren y Jill. Estaban comiendo el domingo en el restaurante japonés favorito de Lauren, con Benson dormido en su cochecito.

No había dormido por la mañana ni el sábado ni el domingo porque Gideon no era Toby y, al parecer, Toby era el único que conseguía que Benson durmiera su sueño matutino.

—¿Problemas con qué? —preguntó Lauren—. Pensé que habías dicho que tu abogado...

—No, no. Todo lo legal está bien. Bueno, no está bien. Pero mi abogado está al tanto.

Extendió la mano y cubrió la de Gideon con la suya.

—Entonces, ¿con quién tienes problemas?

Fue Jill quién respondió.

—Toby.

Gideon suspiró y apartó el tenedor, renunciando a cualquier esperanza de comer. Tenía el estómago revuelto.

—Sí, Toby.

Lauren puso cara triste.

—Oh, querido.

—No debería pensar en él así. No debería pensar en nadie así. No estoy buscando nada. He jurado alejarme de todos los hombres para siempre. —Gideon suspiró—. Pero él es...

Lauren ladeó la cabeza.

—¿Él es...?

—Él es todo lo que yo quería que Drew fuera. Es todo lo que necesito. Y le estoy pagando para que sea todo lo que necesito, así que es aún más jodido de lo que suena. Dios. —Se llevó la mano a la frente—. Nos reímos todas las noches viendo programas estúpidos en la tele, y es atento, amable, divertido, y es tan bueno con Benson. La cara de Benson cuando lo ve se ilumina. —Se llevó la mano al corazón—. Tengo tantos problemas.

Lauren guardó silencio durante un largo momento, aunque Gideon no se perdió el intercambio de miradas entre Jill y Lauren.

—Vale —comenzó Lauren—. Vamos a verlo objetivamente. Ha entrado en tu vida cuando todo era una mierda. Estabas agotado y te sentías miserable. Y su ayuda ha sido una gracia salvadora, ¿verdad?

Gideon asintió.

—Sí.

—Te ha hecho la vida más fácil, considerablemente.

—Sí —dijo Gideon—. Completamente.

—Entonces, ¿es posible que lo veas de esa manera? Dijiste que es todo lo que querías que Drew fuera. ¿Y eso qué es exactamente?

—Cariñoso. Atento. Amable.

—Con Benson.

—Sí. Es muy bueno con él. Pero no sólo con Benson, conmigo también. Hablamos y nos reímos, más que con Drew. Y nos hacemos café y tostadas por las mañanas. Algunas mañanas —enmendó—. No todas las mañanas. Dios, esto no es bueno.

Lauren le dio unas palmaditas en la mano.

—¿Crees que es posible que estés viendo más de lo que hay? Drew te trató como una absoluta mierda y te rompió el corazón, y luego llega un chico que te trata amablemente. Y todo lo que digo es que cuando te han tratado mal, es fácil confundir amabilidad con afecto.

Gideon comprendía su punto de vista y sabía que su sinceridad tenía buenas intenciones. Asintió y suspiró con la cabeza entre las manos.

—Su hermano lo llevó a algún club nocturno este fin de semana, y todo lo que sigo pensando es en él enrollándose con algún otro chico.

—Oh, no —murmuró Jill.

La miró.

—¡Ya lo sé! *Debería* estar saliendo con su hermano y pasándoselo en grande, liándose con quien quisiera. Es joven, soltero e increíblemente guapo. Pero joder, pensar en él con otro... Apenas he dormido, y le he fastidiado el horario de sueño a Benson después de que Toby trabajara duro toda la semana para que cogiera una rutina.

—Hmm —Jill tarareó—. Sí, cuando dije, "oh, no", no fue como "oh, no, eso es terrible", fue más como un "oh, no, realmente estás colado por él".

Gideon dejó caer la cabeza hacia atrás con un gemido.

—Traté de no hacerlo, porque eso tiene desastre escrito por todas partes. Intenté ignorarlo, pero desde que casi nos besamos en mi cocina...

—¿Vosotros qué? —dijeron al unísono.

Gideon suspiró.

—Me abrazó cuando estaba...

Lauren abrió mucho los ojos.

—¿Te abrazó?

—Hm, vale, Gideon, te quiero mucho, cariño —dijo Jill —, así que te lo voy a preguntar sin rodeos. Sin juzgarte. ¿Quieres que te disuadamos o quieres seguir con esto?

La miró fijamente.

—No lo sé. Las dos cosas. Ninguna. —Negó con la cabeza—. No, por favor, disuadidme. Decidme que esto es estúpidamente inapropiado, y que sería un idiota si tomara mi verdadera gracia salvadora y la arruinara. Soy su jefe, técnicamente. Vive conmigo, y necesito que siga en mi vida. No puedo asumir una hipoteca completa y ser el cuidador a tiempo completo de Benson. Necesito mantenerlo y tener a Toby en mi vida me permite hacerlo.

Lauren le dedicó una sonrisa triste.

—Son muchos puntos buenos.

—¡Tu punto también era bueno! El de confundir su amabilidad con afecto. —Gideon asintió rápidamente—. Eso encaja perfectamente. Porque creo que ni siquiera sé lo que significa que un hombre te trate bien. No lo sé. Estoy tan jodido.

—Sólo intento ser voz de la razón —añadió Lauren—. Quiero que seas feliz, pero sé que tu felicidad vendrá de mantener tu casa y proporcionar una buena vida a Benson.

Gideon asintió.

—Yo quiero que tengas las dos cosas —replicó Jill.

—Jilly —dijo Lauren, su tono coincidía con la advertencia en sus ojos—. Eso no ayuda.

Jill se limitó a sonreír y se encogió de hombros.

—¿Por qué no puede tener las dos cosas? ¿Por qué no puede tener una relación con Toby? Si es consentido y son felices, ¿por qué no?

—Porque se complica —dijo Lauren—. Si se pelean o rompen, entonces tendrá que buscar un nuevo niñero, y él no quiere eso. Quiere a Toby.

El ceño fruncido de Jill dijo que no estaba exactamente de acuerdo con eso.

—Complicado, sí. Y ser sensato es probablemente lo correcto. Pero Gideon, ¿y si correr ese riesgo se convierte en lo mejor que te ha pasado nunca?

Gideon las miró a ambas y suspiró.

—Me siento como si tuviera un angelito y un diablillo en cada hombro, cada uno intentando influir en mi decisión.

Jill rio en voz baja.

—Sólo quiero que seas feliz.

—Yo también Gideon —añadió Lauren—. Sólo que no quiero verte tirarte de cabeza a algo sin comprobar antes el agua, ¿vale?

Gideon la miró.

—Siempre fuiste la sensata.

Jill se rio.

—Eso no es cierto. Pero éste es mi último consejo. ¿Dijiste que iba a salir este fin de semana? Así que tal vez se enrolló con algún chico y...

—Oh, Dios —dijo Gideon haciendo una mueca. Pensar en Toby con otra persona le revolvía el estómago.

Jill puso la mano en el brazo de Gideon.

—Si lo hizo, entonces esa es tu respuesta. Ahórrate todo el estrés y el conflicto porque él no está en la misma página.

—Pero —añadió Lauren—, que no se haya enrollado con alguien no significa que quiera sentar la cabeza contigo.

Gideon hizo una mueca de dolor.

—Creo que hoy me gusta más Jill.

Lauren se rio.

—Parece que necesitas hablar con él sobre la página en la que estáis. U olvidarte de todo el asunto.

Sabía que lo que decía tenía sentido. Sólo deseaba que no fuera tan difícil.

—De todas formas, no estoy preparado para nada serio

—admitió—. Sólo necesito olvidarme de todo el asunto. Concentrarme en mí por un tiempo. Benson y yo, nadie más.

Lauren asintió, y Jill también. Más o menos.

—A menos que sea guapísimo y dulce, y además resulta que es el niñero que adooooooora a tu hijo.

Tanto Lauren como Gideon gimieron, y Jill se encogió de hombros.

—¿Qué? —dijo mirando a Gideon—. Vi cómo te miraba cuando estabas borracho. Estaba preocupado por ti.

Lauren asintió con un suspiro.

—Es verdad.

Jill no había terminado.

—Te lo digo, probablemente esté con su hermano ahora mismo teniendo la misma conversación sobre ti que nosotros estamos teniendo sobre él.

Gideon negó con la cabeza. No se lo creía en absoluto.

—Por muy bonita que sea la idea, y es un pensamiento realmente bonito, seamos realistas. Aún no estoy en condiciones de pensar en nadie más. Ciertamente no estoy en ninguna posición emocional para estar pensando en otra relación.

Gideon habló con la suficiente convicción como para casi convencerse a sí mismo.

Casi.

---

TOBY SONRIÓ CUANDO LLEGÓ A LA CASA JUSTO antes de las seis, con pescado a la parrilla, patatas fritas y ensalada del restaurante que sabía que le gustaba a Gideon. No estaba muy lejos de su camino, aunque Josh lo había regañado por hacer un esfuerzo extra por su jefe. Toby lo había ignorado, como había ignorado todo lo que su estúpido hermano había dicho todo el fin de semana sobre que le gustaba Gideon.

Había sido un fin de semana largo y Toby estaba deseando volver al trabajo. Había echado de menos a Benson y a Gideon, aunque no se lo confesaría a nadie.

Y mucho menos a Josh.

Entró por la puerta, y Gideon estaba en el sofá tumbado de lado mientras Benson estaba en la mecedora.

—Hola —le dijo Gideon sonriéndole.

Toby no pudo evitarlo. Se sintió a gusto al instante, como si volviera a su propia casa: una sensación cálida y difusa que no había sentido en ningún otro trabajo en el que hubiera estado.

—Hola —dijo. Se deshizo de su bolsa de viaje y levantó la comida para llevar—. Tengo tu pescado favorito y ensalada.

Gideon levantó a Benson y lo sentó sobre sus rodillas.

—Mira quién es —dijo. Toby dejó la comida para llevar en la mesa del comedor y cogió a Benson.

Estaba cubierto de Farex, como si se hubiera echado su alimento por encima, y le dedicó a Toby una enorme sonrisa de encías.

—¡Mira qué mono estás! —dijo Toby limpiando el Farex con el babero de Benson. Una vez que tuvo la cara algo limpia, le dio unos cuantos besos de burbuja de pez en su regordeta mejilla.

Benson se rio y el sonido se instaló en el pecho de Toby.

—Arruiné su horario de sueño —dijo Gideon llevando el plato y la cuchara al fregadero—. No sé cómo exactamente, porque sólo estuviste fuera dos días, y todo se fue a la mierda. No quería dormir por la mañana, pero luego durmió más a la hora de comer, luego se echó una siesta rápida esta tarde, como una recarga de pilas, y ahora quería cenar.

Toby se rio y dio una palmada tranquilizadora en el brazo de Gideon.

—No has estropeado nada. Alguien de aquí —dijo dando un suave golpe a la nariz de Benson—, probablemente piensa que ahora es un niño grande que ya no necesita dormir por las mañanas. Eso es todo.

Gideon cogió una toallita caliente y limpió bien la cara de Benson.

—Gracias —dijo dedicándole una pequeña sonrisa a Toby.

Y esa era la razón por la que Toby se pasó el fin de semana tan alterado. La sonrisa, los ojos amables, el cálido rumor de la risa...

—Gracias por traer la cena —dijo Gideon—. Y por traerla de mí sitio favorito.

—También es mi sitio favorito de pescado —dijo Toby. Es cierto que era su único sitio de pescado y patatas fritas, ya que solo había comido pescado en un sitio desde que había vuelto, pero eso no venía al caso.

Si hacía que Gideon lo mirara así, no admitiría nada.

Así que mientras Benson estaba feliz tumbado en su gimnasio de juegos, Toby y Benson cenaban.

—¿Qué tal el resto del fin de semana? —preguntó Toby—. Aparte de que alguien decidió que ya no necesitaba dormir por las mañanas.

—Estuvo bien —dijo Gideon—. No he hecho nada. No sé cómo lo haces todo. Vale, he hecho algunas coladas y hoy he salido de casa para comer con Lauren y Jill. Pero nada más. Eso es todo lo que hice.

—A mí me parece un fin de semana estupendo —dijo Toby. No estaba mintiendo ni siendo sarcástico.

—¿Qué tal el tuyo? —preguntó Gideon. Apuñaló su ensalada como si intentara mostrarse indiferente, pero sólo consiguió que pareciera más... ¿curioso? ¿Nervioso? —¿Dijiste que Josh quería que salieras de fiesta con él?

—Puaj. —Toby hizo una mueca—. Viernes por la noche. Estuvo bien. Ruidoso, odioso. Sólo tomé unas copas, pero,

Dios, ir de discotecas no es lo mío. Quizá cuando tenía dieciocho años, pero ahora preferiría... —Señaló entre ellos—. Bueno, esto.

Entonces, demasiado tarde, se dio cuenta de cómo sonaba.

—No me refería a nosotros. —Hizo el estúpido gesto entre ellos otra vez—. No es que eso sea... no es que piense que tú y yo... —*Cállate, Toby. Cállate y deja de hablar.* La cara le ardía tanto que casi empezaba a sudar—. Lo que quería decir era...

Gideon le sorprendió riendo.

—Sé lo que quieres decir. Yo también prefiero esto. —Agitó su tenedor entre ellos, luego a Benson, luego alrededor de la habitación—. Prefiero esto a ir de discotecas. —Sus ojos se encontraron con los de Toby y le sostuvo la mirada. Algo parpadeó en el gris azulado. *¿Era una mirada? ¿Qué demonios era?* La mente de Toby se tambaleaba cuando Gideon se encogió de hombros—. Incluso cuando tenía dieciocho años y estaba en la uni, siempre prefería tomar unas copas en los dormitorios que en pubs o discotecas.

—Menos molestias, menos gasto de dinero.

—Y menos idiotas.

—Oh, Dios, no es esa la verdad. Josh es uno de ellos. Me pasé toda la noche cuidándolo y asegurándome de que llegaba a casa de una pieza. Y que no se tirara a nadie en los baños.

—¿Pensé que te llevaba a emborracharte?

—Y así fue. Fue un fracaso de misión. En realidad, para ser honesto, toda la noche fue un fracaso.

No iba a admitir ante Gideon que había pasado la mayor parte de la noche preguntándose cómo les estaba yendo a Benson y él...

La sonrisa de Gideon era difícil de leer. Si Toby no se equivocaba, Gideon parecía satisfecho de que la noche de Toby hubiera sido un fracaso. Que no se hubiera emborrachado ni se hubiera tirado a nadie en los baños...

Seguro que no.

Seguramente Toby estaba malinterpretando eso.

—Luego, el sábado, él tenía una resaca de perros y estaba de un humor asqueroso —añadió Toby—. Así que papá le hizo cortar el césped.

Gideon se rio.

—Eso es brutal.

—Pero no inmerecido.

—Pensé que ibas a decir que tuviste una borrachera de dos días y tuviste que rebuscar en el correo de un chico cualquiera antes de que se despertara para conseguir una dirección para el taxi a casa.

Toby resopló.

—Eso es extrañamente específico. ¿Hablas por experiencia?

Gideon se rio entre dientes.

—Hace mucho tiempo.

Toby se comió lo que quedaba de cena.

—No. No hubo una juerga de dos días, ni revisar el correo de algún ligue para encontrar una dirección. Aunque seguro que ahora tenemos mapas y Uber. Pero no, nada de ligues. ¿Has visto lo que hay por ahí últimamente? —Negó con la cabeza—. Sí, todo eso es un gran no de mi parte.

—No he mirado en mucho, mucho tiempo. Claramente antes de que tuviéramos mapas en nuestros teléfonos, o Uber.

Toby sabía que estaba entrando en terreno personal, pero quería saberlo, y no había sido él quien había sacado a relucir el detalle del ligue al azar.

—¿Crees que volverás a atreverte con las citas?

La mirada de Gideon se dirigió a la suya y negó con la cabeza.

—Eh, no. Me imagino que no.

Toby decidió aligerar la conversación.

—Bueno, si decides ir a la antigua usanza de quedar en un

bar en vez de en Grindr, para que lo sepas, los chicos de los clubs de George Street no son buena elección.

Gideon sonrió con un suspiro y apartó el plato.

—Creo que esa parte de mi vida ha terminado por un tiempo —dijo—. De hecho, hoy he estado hablando de esto con Lauren y Jill. Será bueno centrarme en Benson y en mí durante un tiempo. —Se mordió el labio inferior durante un segundo—. ¿Y tú? ¿Te enfrentarás a la escena de las citas ahora que estás de vuelta en Sídney?

Toby negó con la cabeza.

—No. Estoy demasiado ocupado. Además, os tengo a Benson y a ti. —Toby se quedó helado—. Oh, no pretendía que sonara así. Sólo quería decir que estoy ocupado, y que no echo de menos salir con nadie porque estoy con vosotros durante la semana, con Benson durante el día, contigo por la noche, y luego los fines de semana veo a mi familia. No quise decir que nosotros...

Dios, su estúpida boca nunca le salvaría de pasar vergüenza.

Gideon se rio y le hizo un gesto restándole importancia.

—Les dije algo parecido a Lauren y Jill. Vemos la tele y nos echamos unas risas casi todas las noches, y eso es más de lo que hacía con Drew. —Luego hizo una mueca—. No es que lo que hagamos sea así...

Gideon terminó encogiéndose de hombros y ambos tenían las mejillas sonrosadas. Antes de que ninguno de los dos pudiera avergonzarse aún más, Benson decidió que ya había jugado bastante.

Toby se levantó.

—Yo recogeré mientras tú lo preparas para ir a la cama.

Gideon también se levantó.

—Gracias —dijo en voz baja—. Por la cena.

Parecía como si quisiera decir algo más, pero recogió a Benson y lo llevó al cuarto de baño, y Toby se tomó un segundo para recomponerse. Se quedó de pie junto al fregadero, recuperando el aliento.

La conversación entre Gideon y él se había adentrado de lleno en el terreno personal, y ambos habían admitido que disfrutaban pasando el rato juntos. Que ninguno de los dos buscaba nada con nadie más porque lo que tenían era suficiente.

Gideon no buscaba nada en ese momento, y lo entendía. Y Toby no buscaba nada porque... porque quería lo que tenía con Gideon.

¿Quería más?

Sí.

¿Arriesgaría su trabajo por ello?

No.

Necesitaba que prevaleciera el sentido común.

Así que recogió los restos de la cena, luego fue a hacer su cama. Había lavado las sábanas antes de irse, pero no había tenido tiempo de rehacerla antes de que Josh lo recogiera el viernes por la noche. Y cuando terminó, se encontró en el pasillo, escuchando a Gideon cantarle a Benson mientras lo bañaba.

Y el corazón de Toby latió un poco más fuerte.

Y más tarde esa noche, cuando Gideon estaba acostando a Benson, Toby intentó no escuchar, aunque sabía lo que oiría.

—Papá te ama —murmuró—. Hasta la luna y de vuelta.

El corazón de Toby volvió a latir con fuerza y supo que tal vez era demasiado tarde para el sentido común.

Todo el razonamiento y la razón del mundo no iban a ayudarle. Definitivamente sentía algo por Gideon. ¿Quería pasar las noches acurrucado en el mismo sofá en lugar de sentarse por separado? Sí. ¿Quería saber qué se sentía al besarlo con ese bigote?

Toby había pensado mucho en eso.

No es que cambiara nada. Desde luego, no iba a actuar en consecuencia.

Eso *sería* pasarse de la raya.

—¿Quieres una taza de té? —preguntó Gideon.

Toby no le había oído salir de la habitación de Benson.

—Ah, claro —contestó rápidamente, con la mano en el corazón—. Lo siento, estaba a un millón de kilómetros.

*Pensando en besarte.*

Él observó a Toby durante un largo momento.

—¿Té de frambuesa?

—Sí, por favor.

TOBY INTENTABA IGNORAR LO QUE SENTÍA EN LA barriga cada vez que veía a Gideon. Pero todas las noches veían juntos la tele, con una taza de té y muchas risas. Se iba a la cama feliz, confuso y un poco melancólico.

Todas las noches de esa semana.

Y todos los días a la hora de comer, cuando ponía Face-Time con Gideon en el trabajo, su cara sonriente en la pantalla hacía que el estómago de Toby se llenara de mariposas y que su corazón se estremeciera.

Gideon sonreía sobre todo por Benson, pero cuando Toby abrazaba a Benson y le decía:

—Dile adiós a papá. Estoy deseando verte cuando llegues a casa —y agitaba la manita de Benson, los ojos de Gideon se ablandaban y sonreía a Toby de una forma que le hacía doler el corazón.

—Gracias —decía en voz baja, como si Toby acabara de hacerle el mejor regalo en lugar de una videollamada de dos minutos.

Todos los días.

Y cada día era un poco más difícil ignorar esa brasa ardiente detrás de sus costillas.

El jueves, Benson había estado quejándose la mayor parte del día. Le estaban saliendo los dientes, los dos de abajo casi habían erupcionado, y se pasó todo el FaceTime con Gideon mordiéndose el puño y llorando.

—¿Necesitas que vaya a casa? —preguntó Gideon.

—No, está bien —respondió Toby—. También está cansado. Seguro que se sentirá mejor si se echa una siesta.

Gideon asintió.

—¿Quieres que lleve la cena a casa?

Toby negó con la cabeza.

—No, está bien. Acabo de poner un poco de pollo en la olla de cocción lenta. Solo una receta de pollo pegajoso que vi en TikTok. Haré un poco de arroz cuando llegues a casa.

—No sé lo que es el pollo pegajoso, pero te tomo la palabra. De todas formas, suena bien. —Gideon le dedicó una de esas sonrisas especiales, una de esas sonrisas "sólo para ti" y el corazón de Toby trastabilló.

Toby tuvo que apartar la mirada antes de decir una estupidez. Ya era hora de irse, así que despidió a Benson con la mano.

—Di adiós, papá.

Gideon se acercó a la pantalla y le devolvió el gesto.

—Benson, pórtate bien con Toby. —Luego su mirada se dirigió a la de Toby y la sostuvo—. Llámame si necesitas cualquier cosa.

—De acuerdo.

Cuando Gideon llegó a casa, nada más dejar las llaves y la cartera, Toby le llevó a Benson a sus brazos volando al estilo avión.

—Alguien necesita mimos de papá.

Lo cogió y le dio a Benson un beso en la mejilla.

—¿Todavía quejándose? —Toby frotó la espalda de Benson.

—Un poco. No está tan mal. No tiene fiebre, sólo le están saliendo los dientes. Tiene cacas de dentición, que son asquerosas. Pobrecito. Ha cenado algo, pero creo que querrá un baño temprano, biberón y a la cama.

Gideon sonrió mientras se dirigía al baño.

—La cena huele bien.

Toby comprobó el pollo. No se parecía a los vídeos que había visto en TikTok, pero había utilizado pollo del congelador. Había comprobado dos veces que estaba cocido (siempre comprobaba dos veces el pollo) porque se había retrasado al meterlo en la olla de cocción lenta. Cuando lo sirvió, lo hizo con una disculpa.

—No parece muy pegajoso —dijo. Tenía mucho más líquido que en las fotos...

—Estoy seguro de que estará buenísimo —respondió Gideon.

Y sabía bien. No era lo mejor que había cocinado nunca, pero era bastante fácil. Cuando terminaron, Toby recogió mientras Gideon le daba el biberón a Benson y lo acostaba.

Cuando salió, fue directamente al sofá. Vieron un poco la tele y, al cabo de un rato, notó que Gideon se movía un poco en su asiento. Empujó contra su estómago, haciendo una mueca.

Toby no quería admitir que sentía lo mismo.

—¿Quieres una taza de té?

Gideon negó con la cabeza.

—No, no creo que lo haga esta noche, pero gracias.

Gracias a Dios.

Era lo último que Toby quería.

—Podría ir a darme una ducha —dijo Gideon.

Toby asintió, y cuanto más tiempo pasaba allí sentado, peor se sentía. Se puso el pijama y se preguntó si un poco de agua con gas le ayudaría.

Entonces empezaron los sudores fríos y calientes, y los retortijones de estómago.

Fue en busca de Gideon y lo encontró sentado en el borde de su cama. Parecía incómodo y pálido.

—¿Estás bien? —preguntó Toby.

Gideon negó con la cabeza.

—Yo tampoco.

Gideon soltó un suspiro tembloroso y corrió hacia el cuarto de baño. En cuanto Toby lo oyó vomitar, su propio estómago se revolvió y tuvo que correr también hacia el baño.

Apenas llegó a tiempo.

Se sentó en el borde de la bañera, sintiéndose cada vez peor. Calor y frío, sudor y escalofríos, y terribles calambres estomacales. Vomitaba una y otra vez, quería tumbarse en las frías baldosas, pero se abstuvo.

Consiguió encontrar unas toallitas. Las mojó y llamó a la puerta de Gideon. Gideon respondió con un gemido y la descarga del inodoro. Estaba apoyado en el tocador de su cuarto de baño, con un espantoso tono verde.

Cuando se miró en el espejo del baño, Toby se dio cuenta de que tenía el mismo aspecto.

Le pasó la toallita a Gideon.

—Creo que era pollo en mal estado —dijo.

En cuanto Toby lo mencionó, Gideon volvió a vomitar y Toby tuvo que volver corriendo al baño.

Una eternidad de infierno después, cuando empezó la diarrea, Toby hizo lo que haría cualquier hombre adulto que se precie. Buscó su teléfono y pidió ayuda.

—¿Mamá?

# Capítulo Nueve

Intoxicación alimentaria.

Brutal, indescriptible, indiscriminada.

Implacable.

Gideon no recordaba haber estado nunca tan enfermo.

En su sueño irregular, le pareció ver a Toby sentado en el suelo junto a la cama de Gideon, apoyado contra la pared, con un cubo a su lado.

Le habría parecido dulce si no estuviera tan enfermo.

Si no pudiera estar seguro de que no se lo había imaginado.

Gideon tampoco estaba seguro de haber imaginado el sonido de las voces.

Una voz de mujer, suave y distante.

Los calambres estomacales, los sudores fríos y el agotamiento, hacían imposible concentrarse. O preocuparse.

Sentía como si la muerte le hubiera aporreado, manteniéndole a pocos centímetros de morir sólo para reírse.

Entonces, cuando una mujer apareció junto a su cama y le secó la cara con un paño frío, estuvo seguro de que era un ángel...

—¿Me he muerto? —preguntó.

La mujer rio en voz baja, secándole la frente.

—No, cariño.

—¿Benson?

—Profundamente dormido en su cuna.

Gideon se durmió entonces, aliviado y tranquilo. Hasta que tuvo que volver a correr al baño.

Consideró la posibilidad de dormir en el retrete, pero consiguió arrastrarse de nuevo a la cama... para encontrarse con un bulto al otro lado de la cama.

No, no era un bulto.

Una persona.

Toby.

¿En su cama?

Seguramente estaba soñando.

Sabía que Toby también estaba enfermo. Le había oído estar enfermo al principio de esta pesadilla.

Pero Gideon estaba demasiado enfermo, demasiado dolorido, demasiado cansado para preocuparse.

Simplemente volvió a meterse en la cama y cerró los ojos.

Sabía que, si Toby se sentía tan mal como Gideon, era imposible que pudiera cuidar de Benson por la mañana. Gideon tendría que levantarse. Como padre de Benson, era su trabajo cuidar de él, tanto si estaba enfermo como si no. Sólo podía esperar que los dolores, los vómitos y la diarrea hubieran desaparecido para cuando Benson se despertara.

Sólo unas horas más.

Seguramente se sentiría mejor en unas horas...

SE DESPERTÓ SOBRESALTADO Y VIO QUE HABÍA LUZ tras las persianas de su habitación. Cogió el móvil para ver la hora.

8:34 de la mañana.

Gideon salió disparado de la cama, sólo se dio cuenta de que Toby dormía a su lado, no se lo había imaginado, y corrió hacia la puerta... sólo para que su estómago protestara violentamente.

Llegó al vestíbulo, agarrándose el estómago con una mano y la pared con la otra. Se dio cuenta de que la puerta de Benson estaba abierta, la televisión encendida y el alegre parloteo de Benson provenía del salón.

¿Qué demonios...?

Gideon salió y se encontró a una mujer sentada en su sofá. Benson estaba en su mecedora, sonriendo con el puño en la boca.

—Vaya —dijo la mujer. Tenía unos cincuenta años, una melena castaña y un rostro amable—. Deberías volver a la cama. Tienes un aspecto horrible.

Se presionó el estómago. Estaba seguro de que no podría vomitar nada más, pero los retortijones eran lamentables.

—Eh, ¿gracias?

—Soy Carla, la madre de Toby. Anoche me llamó tarde para que viniera a cuidar a tu pequeño por vosotros.

La cabeza de Gideon daba vueltas.

—Menos mal que lo hizo —dijo Carla—. Ninguno de los dos estáis en condiciones de hacerlo. Y esta pequeña gominola es el bebé más mono que creo haber visto nunca. Dulce como el azúcar. —Se levantó y llevó a Gideon a su habitación—. Así que descansa y tómatelo con calma. Vuelve a la cama. Todo está arreglado.

Gideon se sintió como en un episodio de *Dimensión Desconocida*.

—Traje a Toby a tu cama porque vomitó un poco en la suya y tuve que rehacerla. Además, este baño estaba más cerca —dijo ayudando a Gideon a tumbarse—. Y dormiré en su habitación hasta que estéis mejor.

Gimió en cuanto su cabeza tocó la almohada. No estaba seguro de qué decir. No estaba seguro de nada de lo que ella acababa de decir.

Aún no estaba seguro de si estaba soñando...

Cuando abrió los ojos a continuación, Carla estaba poniendo un vaso junto a su cama.

—Un poco de Lucozade. Bebe a sorbos cuando puedas. —Le palpó la frente—. Tu temperatura está bajando. Sólo tienes que aguantar.

¿Le palpó la frente?

¿Le trajo algo de beber?

¿Estaba cuidando de Benson?

¿Antes llamó gominola a Benson? Toby gimió a su lado.

—¿Mamá?

—Oh, cariño —dijo ella yendo a su lado de la cama—. Te traeré algo de Lucozade también. ¿Te sientes mejor?

—Benson —murmuró con otro gemido.

—Está bien —dijo ella palpándole ahora la frente—. Volved a dormir, los dos.

Hacía mucho tiempo que Gideon no tenía una figura materna que se preocupara por él. No sabía qué pensar, pero agradecía que ella estuviera aquí. Estaba tan agotado y dolorido que hizo exactamente lo que le había dicho y cerró los ojos.

---

Se despertó cuando Toby se acurrucó en su espalda, gimiendo de incomodidad mientras se acomodaba. Estaba caliente contra la espalda de Gideon. El cuerpo de otro hombre era algo que no había sentido en mucho tiempo. Nunca se había dado cuenta de cuánto había echado de menos el contacto. ¿*Tanta* hambre de contacto tenía?

Tal vez fue reconfortante porque estaba enfermo. Dios, se sentía bien.

---

GIDEON SE DESPERTÓ, DE CARA A LA OTRA PARED, con el brazo colgando sobre las costillas de Toby. Toby estaba de espaldas, profundamente dormido, gracias a Dios. Gideon tuvo la tentación de no mover el brazo. No quería hacerlo. Quería esta comodidad todo el tiempo que pudiera.

Pero entonces Toby se dio la vuelta y quedó frente a él, y el brazo de Gideon cayó entre los dos. Los ojos de Toby se abrieron a duras penas y Gideon ni siquiera se atrevió a respirar. Toby casi sonrió antes de volver a dormirse. Ya no estaba tan verde, pero seguía pálido.

Seguía siendo hermoso.

Más aún cuando dormía.

El estómago de Gideon se retorcía y daba vueltas, un recordatorio agudo de que la intoxicación alimentaria seguía al mando. Cerró los ojos.

---

GIDEON GIMIÓ MIENTRAS SALÍA DE LA CAMA, CON apenas fuerzas para llegar al baño. Después, se frotó las manos como un cirujano, luego la cara, y a duras penas consiguió volver a la cama. Bebió un sorbo de Lucozade y volvió a caer en la cama con un gemido.

—No es bueno —murmuró Toby.

—Mm-hmm —aceptó Gideon.

La siguiente vez que se despertó, se obligó a levantarse para ir a ver a Benson. Carla lo tenía encaramado viendo una película juntos, pasándoselo en grande al parecer.

—Lo siento mucho —dijo Gideon—. Te agradezco mucho que estés aquí. ¿Se encuentra bien? ¿Necesita algo?

—Está bien. Hemos tenido el mejor día —dijo. Luego frunció el ceño—. Deberías volver a la cama, cariño.

Gideon se sentía desfallecer y sólo había caminado unos metros y permanecido de pie unos segundos.

—Sí —dijo asintiendo. Se moría de ganas de sostener a Benson, de cogerlo en brazos y abrazarlo, pero no quería acercarse a él mientras estuviera enfermo.

—Benson está bien —dijo ella más suave esta vez—. Pero tú necesitas descansar.

Todo el cuerpo de Gideon estaba pesado y dolorido, y volvió a la cama arrastrando los pies. Volvió a beber un sorbo y se dejó caer sobre la almohada, demasiado cansado para gemir.

---

Se despertó cuando Toby le apartó de un empujón y corrió hacia el baño. Gideon debía de estar encima de él sin darse cuenta. Cuando Toby volvió a la cama, parecía abatido.

—¿Estás bien? —preguntó Gideon.

Toby tenía los ojos cerrados y el ceño profundamente fruncido.

—No me dolía tanto el culo desde una fiesta sexual a la que fui en París.

Gideon lo miró fijamente y Toby abrió los ojos como si acabara de darse cuenta de lo que había dicho y a quién.

Gideon se echó a reír, sin saber qué era más gracioso: lo que había dicho Toby o la expresión de su cara. Pero tuvo que sujetarse el estómago y le dolía mucho la espalda. Su risa pronto se convirtió en un gemido.

Toby se dio la vuelta, alejándose de él.

—Vamos a fingir que nunca dije eso.

—*Bien sûr*.

Hubo un momento de silencio antes de que Toby soltara una risita. Luego gimió también.

—No me hagas reír —murmuró.

Gideon volvió a dormirse con una sonrisa, aunque de corta duración... hasta su siguiente visita al baño.

———

LA SIGUIENTE VEZ QUE ABRIÓ LOS OJOS, TOBY volvía a estar presionado a su espalda. No era sexual, ni siquiera afectuoso. Era puro consuelo. Sabía que la mayoría de la gente quería estar sola cuando estaba enferma, pero él siempre había necesitado consuelo y, al parecer, Toby también.

Gideon se resistía a moverse. Quería quedarse allí con Toby contra él durante mucho tiempo, pero le dolía todo el cuerpo. Llevaba demasiado tiempo tumbado, quería ducharse y lavarse los dientes.

Pero primero, necesitaba ver a Benson.

Se separó de Toby para no despertarlo y se sentó en el borde de la cama para comprobar si tenía bien el estómago. Se sentía ligeramente mejor.

Bebió un sorbo de Lucozade tibio y sin gas y le dio un segundo para que se asentara en el estómago antes de levantarse. Caminó con cautela hasta el salón. Todas las luces estaban apagadas, la casa estaba en silencio.

No se había dado cuenta de que fuera estaba oscuro.

*Dios, ¿qué hora sería?*

Al volver al pasillo, vio que el otro dormitorio estaba

abierto y vio a Carla dormida en la cama. No podía creer que la madre de Toby durmiera aquí para cuidar de Benson.

Se sentía culpable por haberla molestado, pero estaba muy agradecido.

Y si era sincero consigo mismo, también sentía algo más. Anhelo, deseaba que su propia madre estuviera aquí. Deseando poder llamarla como Toby llamaba a su madre.

Y se sintió reconfortado al saber que no estaba solo.

Claro que Carla era el equipo de apoyo de Toby, pero eso no disminuía en nada el brillo de calidez. Había cuidado de Benson como si fuera uno de los suyos, y eso hizo que el corazón de Gideon se hinchara.

Lo siguiente que vio fue a Benson. Dormía profundamente en su cuna, con su pijama de cachorritos.

Dios, Gideon lo echaba de menos.

Sólo había sido un día, y había estado en la casa con él todo el tiempo. No era como si hubieran estado alejados o separados. Pero no formar parte del día de Benson hacía que Gideon se sintiera inadecuado, como un mal padre.

Enfermo o no.

Se quedó mirándolo, viéndolo respirar, tranquilo y amado, hasta que su cuerpo le recordó el día que había tenido. Había estado demasiado tiempo de pie. Cinco minutos eran demasiado, al parecer.

Pesado y dolorido, todavía indispuesto y miserable, volvió a la cama.

—¿Estás bien? —preguntó Toby con sueño.

—Sí —murmuró Gideon—. Tu madre es un ángel.

***

Cuando se despertó, estaba acurrucado sobre Toby, con el brazo por encima de la cintura, la rodilla apoyada en la pierna de Toby y la cara contra su omóplato. Sabía que no estaba bien abrazarlo, ni siquiera tocarlo mientras dormía, aunque Gideon estuviera dormido cuando lo hizo.

Pero hombre, se sentía tan bien.

Hasta que Toby se revolvió en sus brazos y se acurrucó contra él. Gideon se quedó inmóvil, sin saber qué hacer, pero entonces Toby murmuró algo en sueños, descontento y quejumbroso.

Entonces Gideon bajó el brazo y exhaló lentamente. En cuanto Gideon lo tuvo en brazos, Toby se relajó y sus suaves ronquidos hicieron sonreír a Gideon.

¿Esto estaba pasando?

¿Cómo iban a hablar de ello a la luz del día? ¿Siquiera hablarían de ello?

No estaba seguro. Aunque si él lo hacía, podría hacerse una mejor idea de lo que era realmente su relación. ¿Se horrorizaría Toby y se reiría? ¿O admitiría estar tan confundido como Gideon?

Gideon no tenía forma de saberlo. El último día se había sentido como salir directamente de las profundidades del infierno, y les había puesto en una situación extraña.

En cualquier caso, las cosas serían diferentes. Y la probabilidad de que Gideon se acostara en la cama con Toby en sus brazos sería bastante escasa.

Así que, por muy mal que estuviera, por muy bien que se sintiera, Gideon lo abrazó un poco más fuerte.

<hr>

Toby se despertó en la cama de Gideon. Estaba solo, la habitación en silencio, las luces apagadas. *Gideon debe de estar con Benson...*

Toby se incorporó, con el cuerpo dolorido y el estómago en carne viva. Pero recordaba el tacto, el calor y la tranquilidad de estar en la cama con Gideon.

Parecía un sueño febril, pero recordaba haberse despertado varias veces y haberse encontrado a sí mismo como la cuchara grande. La siguiente vez era la cuchara pequeña. Estaba seguro de que se despertó con la cabeza apoyada en el pecho de Gideon y el brazo de este alrededor del hombro.

Estaba seguro de que no lo había soñado. ¿Quería que fuera un sueño? ¿O quería que fuera real?

*No seas estúpido, Toby.*

Negó con la cabeza y se dirigió al cuarto de baño, pero en cuanto tocó el pomo de la puerta, Gideon salió en medio de una oleada de vapor y casi lo embiste.

Sólo llevaba puesta una toalla, el pelo mojado y unas gotas de agua dibujaban unas líneas envidiables en su piel.

—Oh —dijo Gideon.

—Mierda, lo siento —dijo Toby—. No te he oído ahí dentro. —Intentaba con todas sus fuerzas no mirar... su pecho, su estómago, la toalla atada a su cintura, el bulto que intentaba ocultar—. Um...

Gideon le sonrió con satisfacción.

—¿Te sientes mejor?

Toby tuvo que pensarlo.

—Eh.

—Date una ducha caliente —dijo Gideon—. Te hará sentir cien veces mejor.

—Sí. Ducha. —Asintió, como un idiota.

Gideon aún estaba casi desnudo, aún mojado, aún muy cerca.

Aun siendo precioso.

Toby dio un paso atrás.

—Ducha. Buena idea —murmuró. Luego, girando sobre sus talones, se dirigió a su propio cuarto de baño.

Se tomó un segundo para recuperar el aliento.

Se miró en el espejo. La intoxicación alimentaria había hecho mella en él. Estaba pálido, tenía manchas oscuras bajo los ojos y había perdido peso. Pero en sus ojos había un hombre preocupado. Un hombre que sabía que había cruzado una línea.

No había hecho nada con Gideon, excepto compartir la cama y despertarse de vez en cuando con sus cuerpos entrelazados. No es que hubiera sido deliberado... Así que no, Toby no había hecho nada con Gideon.

Pero quería.

Su madre le había quitado la ropa de la cama y lo había empujado a la habitación de Gideon, a su cama, de esa forma tan sensata que tenía su madre.

—Necesitas descansar —le había dicho—. Limpiaré esto, lo reharé y dormiré aquí para cuidar de Benson.

Y Toby había estado demasiado enfermo para discutir. Demasiado enfermo para preocuparse.

Sólo quería tumbarse.

Y luego, como había estado demasiado tiempo erguido, había necesitado vomitar. Otra vez. Y después de eso, había salido del baño de Gideon, se había metido en la cama donde su madre había insistido en que durmiera, y había dormido.

Sólo ahora se daba cuenta de lo mala idea que había sido.

Porque Gideon se sentía bien en sus brazos. Con suaves caricias en la espalda y brazos reconfortantes.

Maldito fuera.

Toby calentó la ducha todo lo que pudo, con la esperanza de que le quitara la sensación de asco y náuseas, pero también con la esperanza de que le despejara la cabeza y le hiciera entrar en razón.

Por supuesto que no. Bueno, se sentía mejor, sí.

Pero seguía queriendo tirarse a su jefe.

No pudo mirarse al espejo mientras se secaba. Enfadado consigo mismo, se puso un chándal y una camiseta y salió a dar la cara.

Gideon estaba sentado en el suelo, con la espalda apoyada

en el sofá, y Benson en su regazo. Benson le dedicó una gran sonrisa a Toby balbuceando en voz alta.

Toby no sabía cuál de los dos era más mono.

Se sentó en el sofá con un suspiro mientras su madre salía de la cocina con una taza de café en la mano.

—Oh, Toby, estás aquí. He preparado té para los dos. —Puso la taza en la mesa junto al sofá, cogió a Benson y lo metió en su sillita—. Té negro con azúcar para ti Gideon. —Señaló con la cabeza el lugar donde había puesto la taza.

Gideon se levantó lentamente y se sentó en el sofá.

—Ya veo de dónde sacas tu mandonería —le dijo a Toby. Cogió el té y lo miró con el ceño fruncido—. No creo que pueda beberme esto.

—Te ayudará a equilibrar el estómago —dijo Carla mientras salía con una segunda taza y se la entregaba a Toby—. Aquí tienes.

—Gracias mamá.

—¿Os apetece una tostada? —preguntó.

Ambos negaron con la cabeza. Toby probó el té. Toda su vida, cuando estaba enfermo y empezaba a sentirse mejor, su madre le preparaba té negro con azúcar y tostadas con mantequilla. A veces era como tragar cartón. A veces sabía a gloria.

Pero siempre le hacía sentirse un poco mejor.

—Voy a cambiar las sábanas de tu cama —dijo Carla caminando hacia el pasillo—. Te la dejaré limpia. —Se detuvo en la puerta y se volvió hacia Gideon—. ¿Algún juego de sábanas favorito del armario de la ropa blanca?

Negó con la cabeza.

—Sra. Barlow, no necesita hacer eso.

—Tonterías querido. —Desapareció por el pasillo—. Y llámame Carla. La Sra. Barlow es mi suegra.

—Es más fácil no discutir —sugirió Toby.

Gideon gimió.

—Ya ha hecho mucho.

—Le encanta cuidar a la gente. Es su droga preferida. Lo digo en serio. Se ofenderá si le dices que no se preocupe por ti. Especialmente cuando estás enfermo. Se pone en modo mamá jefa. Por eso la llamé.

Gideon le dedicó una media sonrisa a Toby.

—Me alegro mucho de que lo hicieras. —Luego miró a Benson—. No sé qué habría hecho yo. Es lo más duro de ser padre soltero sin familia —dijo en voz baja—. No hay nadie a quien llamar.

A Toby le dolió el corazón al ver la tristeza en el rostro de Gideon. Odiaba que aquella fuera su realidad.

—Ya no estás solo. Me tienes a mí, y a mi madre, quien fue criada por su abuela italiana, os mimará a Benson y a ti hasta que duela.

La mirada de Gideon se encontró con la suya, y había una profunda tristeza en sus ojos que Toby no había esperado.

—Gracias —murmuró.

Observaron a Benson durante un rato y luego Gideon le sonrió.

—¿Qué hacías en Londres cuando estabas enfermo y no podías llamar a tu madre para que te cuidara?

—Bueno, nunca intoxiqué a nadie en Londres —respondió Toby—. De verdad que lo siento mucho. Nunca volveré a hacer pollo pegajoso. O cualquier otro tipo de pollo, para el caso.

Gideon hizo una mueca al oír hablar de pollo. Devolvió su taza de té a la mesa auxiliar.

—Sí, aún no estoy listo para el té.

Toby también bajó el suyo.

—Yo tampoco.

—No sé cómo puedo seguir cansado —murmuró Gideon.

Carla volvió al salón.

—Bien, las dos camas están limpias y rehechas. Espero que no fuera muy incómodo tener que compartir cama anoche.

Toby y Gideon se miraron y Toby sintió que le ardían las mejillas. A Gideon se le pusieron las orejas rojas.

—La lavadora está en marcha, y la secadora —añadió Carla, ajena a la incomodidad que acababa de causarles. Consultó su reloj—. Tu padre llegará en cualquier momento para recogerme. Tengo que dejarlo en la bolera. Tiene su partida. Ya sabes cómo es.

*Espera...* Toby miró por la ventana como si pudiera leer la luz del día como un reloj.

—¿Qué hora es?

—Casi las cuatro.

—¿Cuatro? —No se lo podía creer—. Dios mío. ¿Dormimos todo ese tiempo?

Gideon asintió.

—Eso parece. Y estoy listo para volver a la cama.

—Toby querido, ¿qué harás? —le preguntó su madre—. ¿Querías venir a casa con nosotros? Es sábado. Técnicamente es tu fin de semana libre y no puedo quedarme esta noche.

*¿Sábado?*

Toby la miró con los ojos entrecerrados.

—¿Qué demonios le pasó al viernes?

—Te lo pasaste mirando el fondo del retrete —contestó ella—. Casi en todo momento.

Se hundió de nuevo en el sofá.

—Mamá. Qué asco.

Gideon resopló.

¿Se había perdido un día entero? Era casi sábado por la noche, lo que significaba que sólo tendría que volver mañana. Dejó escapar un suspiro.

—La idea de entrar en un coche en este momento... —Negó con la cabeza—. No puedo. Quiero quedarme aquí en este sofá, ver alguna mala película, y no moverme en todo el día de mañana. Lo siento, mamá.

—Oh, no te preocupes —dijo ella haciéndole un gesto con

la mano—. No tienes que dar explicaciones, amor. Aun así, he podido verte y pasar tiempo con esta gominola tan mona. —Se acercó a Benson e hizo que su oruga de juguete favorita le diera besos, haciéndole reír y gorjear. Un coche sonó en la calle, así que Carla se levantó, cogió su bolso y se dirigió a la puerta—. Hay más Lucozade en la nevera. Bebed un poco si no podéis beber el té. Debéis manteneros hidratados. Y aseguraos de tomar té y tostadas por la mañana. Toby, te llamaré para ver cómo estáis. Gideon, mejórate pronto, ¿vale? Y cuida de tu precioso niño.

Gideon sonrió.

—Lo haré. Muchas gracias por todo. Eres una salvavidas, y estoy en deuda contigo para siempre.

—Cuando te sientas mejor, me pagarás con más mimos con Benson —dijo. Luego, con un gesto de la mano, salió por la puerta y se fue.

Los dos se quedaron callados un rato y Toby miró a Gideon.

—Te exigirá el pago —dijo—. En su totalidad. Con intereses.

Gideon rio entre dientes, claramente cansado.

—Estoy seguro de que a Benson no le importará. — Acercó la mecedora y le devolvió la oruga a Benson. O tal vez sólo para estar más cerca de él, Toby no estaba seguro—. Tu madre me ha salvado el culo.

—Nos salvó el culo a los dos —enmendó Toby—. A mí también me ayudó. Ayer tenía que ocuparme de Benson todo el día. —Suspiró—. No puedo creer que hoy sea sábado. Y casi ha terminado, por lo visto. —Miró a su alrededor y se encogió de hombros—. Ni siquiera sé dónde está mi teléfono.

—Y no tenías que quedarte... aunque te lo agradezco.

A Toby le gustaba que Gideon lo quisiera cerca, pero tenía que ser sincero.

—Bueno, me imagino que nos hará falta a los dos para

cuidar de Benson esta noche y mañana. Pero, la verdad, no bromeaba con que la idea de subirme a un coche ahora mismo me pone enfermo. Y tendría que aguantar a Josh siendo molesto y queriendo que haga cosas... —La comisura de sus labios se hundió—. ¿Quedarnos aquí donde hay tranquilidad y no una casa llena de gente, donde sólo estamos nosotros tres, viendo programas pésimos de televisión y sin levantarnos de este sofá durante un día entero? Me parece bien.

Los ojos de Gideon se encontraron con los suyos.

—A mí también me parece bien.

***

PASARON LAS SIGUIENTES VEINTICUATRO HORAS haciendo exactamente eso. Se aseguraron de que Benson estuviera alimentado, limpio, abrazado y feliz, y pasaron todo el domingo en los sofás con mantas viendo estúpidos reality shows. No habían vuelto a compartir cama, aunque Toby había querido.

—Tendré que sufrir solo —había bromeado Toby en la puerta de su habitación el sábado por la noche—. Nada de mimos. Casi hizo que la intoxicación alimentaria valiera la pena.

Había lanzado el cebo, pero Gideon, aunque parecía algo aturdido, no picó.

—Era broma —había añadido Toby, tratando de disimular. Lo había dicho en broma, pero en el fondo no—. Nada vale una intoxicación alimentaria. Buenas noches.

Cerró la puerta y se detuvo justo antes de golpearse la cabeza contra ella.

*Qué estupidez, Toby.*

El domingo por la noche, después de que Benson estuviera bañado, alimentado y en su cama, Gideon y Toby estaban en el sofá viendo su programa de repostería y tomando un té negro.

Durante el día habían conseguido comer algunas tostadas, pero ninguno de los dos quería arriesgarse más allá del té, más Lucozade y algunas galletas saladas.

Estaban en el mismo sofá, en ambos extremos, aunque compartiendo manta.

No es que hiciera frío, era más bien por comodidad.

—Estoy tan cansado —admitió Toby—. No hemos hecho nada durante días, pero Dios, todavía estoy tan cansado.

—Sí, no creo que salga mucho de la cama esta noche —respondió Gideon.

—Si Benson se despierta durante la noche —dijo Toby—, me levantaré con él. Mañana tienes que ir a trabajar. Conducir, caminar, sentarte en una oficina. —Toby hizo una mueca—. Tú necesitas dormir más que yo. Mañana puedo pasar la mayor parte del día en este mismo sitio. Quizá me atreva a ir al parque si hace buen tiempo. No sé si el sol me curará o me matará, pero creo que Benson necesita algo más que un paseo por el jardín. Veré cómo me siento mañana. No dormí muy bien anoche.

—Yo tampoco —dijo Gideon—. Tal vez habíamos dormido demasiado.

Toby estuvo de acuerdo.

—Sigo sin saber qué demonios le pasó al viernes. Parece como si hubiera un fallo en la matriz o hubiéramos cruzado la Línea de Fecha o algo así. Nos perdimos un día entero.

Gideon se rio.

—Teniendo un compañero de mimos con el que dormir, ¿verdad? Se duerme mejor que nunca.

—Dios mío, lo sé, ¿a que sí? —Toby pensó que era un poco raro que Gideon sacara el tema, teniendo en cuenta que la noche anterior se había desgañitado en el pasillo cuando lo había mencionado. Supuso que Gideon se sentía más cómodo ahora que había tenido todo un día para pensar en ello—. Pero yo siempre he sido así. Duermo mejor con alguien a mi lado, eso es. Y sólo durmiendo. Nada de cosas divertidas.

La comisura del labio de Gideon se curvó hacia arriba.

—Me pasa igual.

Los dos se quedaron callados un rato, Toby fingiendo ver la tele mientras su mente buscaba algo que decir... pero Gideon se le adelantó.

—¿Podemos hablar de eso? —preguntó—. Sobre lo que pasó. No es que haya pasado nada, pero creo que deberíamos hablar del hecho de que dormiste en mi cama. Mientras yo estaba en ella. Y hay estipulaciones y complicaciones laborales, y creo que deberíamos aclarar las cosas.

Gideon tenía el rostro serio, con su voz profesional, y Toby estaba seguro de que estaba a punto de oír malas noticias.

Se le secó la boca, tenía el corazón en la garganta.

Y su estómago se hundió en el suelo.

# Capítulo Diez

—¿Tú qué?

La voz de Lauren subió una octava. Estaban comiendo algo rápido en una cafetería a la vuelta de la esquina de su trabajo. Bueno, Lauren se estaba comiendo un bol entero de pasta. Gideon comía galletas saladas y zumo de manzana.

—Gideon, oh, Dios mío.

Suspiró.

—Lo sé.

—Cuéntamelo todo.

—Bueno, empezó con pollo poco hecho.

—No quiero saber las partes asquerosas. Compartisteis cama cuando estabais los dos enfermos como perros, y eso es un poco raro. ¿Cómo puedes querer a alguien cerca de ti cuando estás así de enfermo?

—Lo encuentro reconfortante.

—Y te despertaste varias veces para encontrarte abrazado a él o siendo abrazado por él.

—Correcto.

—¿Y *qué* le dijiste anoche?

—Bueno, él había bromeado sobre ello el sábado por la

noche primero, pero de una manera no bromista, si sabes a lo que me refiero. Así que técnicamente, *él* sacó el tema primero. Y yo estaba demasiado aturdido para responder. No esperaba que bromeara sobre ser compañeros de mimos. Nunca había oído hablar de eso.

—¿Pero entonces le pediste que fuera tu compañero de mimos anoche?

Gideon hizo un gesto de asentimiento.

—Dijo que duerme mejor. Le dije que yo también. Le dije que, si no estaba a gusto por la situación del trabajo y el jefe, lo entendería perfectamente. Sonrió como si quisiera. ¿Sabes cuándo a alguien se le iluminan los ojos? —Lauren asintió—. Pero luego dijo que probablemente no debería. Y lo entendí. Quiero decir, uno de nosotros estaba siendo razonable y sensato. Y no era yo.

—¿Y luego qué pasó?

—Nos fuimos a la cama. Por separado —dijo Gideon—. Y diez minutos después llamó a mi puerta, me mandó callar y se metió en mi cama.

—¿Qué has hecho?

—Me reí.

—No. —Ella negó con la cabeza—. Cuando se metió en tu cama, ¿qué hicisteis?

—Nos fuimos a dormir.

—¿Dormir?

—Como bebés. Lo cual es un dicho estúpido, porque puedo decirte que los bebés no duermen tan bien.

Lauren lo miraba fijamente, con la pasta olvidada.

—Gideon. Detalles, por favor. ¿Cómo fue esta mañana? ¿Alguna incomodidad?

—No. Me hizo té. Yo le hice tostadas.

—Jesús. ¿Ya estáis casados?

Se rio entre dientes.

—Anoche no hubo abrazos en la cama. Nada de despertarse envueltos el uno en el otro.

—Pareces decepcionado.

Ni siquiera intentó negarlo.

—Debería sentirme mal por preguntarle si quería dormir en mi cama. Técnicamente soy su jefe. Pero no me arrepiento, Lauren. Simplemente no me arrepiento. Es un gran chico y me gusta. ¿Es complicado? Sí. ¿Podría salir todo horriblemente mal? Sí. —Se encogió de hombros—. ¿Eso me preocupaba antes? Sí.

—¿Y ahora no te preocupa?

Negó con la cabeza y se encogió de hombros.

—No lo sé. Si se fuera, me quedaría destrozado. Y no sólo porque es un gran niñero. Lo echaría de menos.

Ella frunció el ceño con un suspiro.

—No hemos hecho nada. No hay sexo de por medio —añadió Gideon, como si eso cambiara las cosas.

—Pero no dirías que no.

Sus ojos se encontraron con los de ella.

—No. No lo haría. Pero tendríamos que discutirlo, y tendría que ser su decisión, no la mía.

Ella tomó un bocado y masticó pensativamente.

—Ya habíamos compartido cama una vez, gracias a su madre. Fue cosa suya —dijo y Lauren abrió mucho los ojos. Él le hizo un gesto con la mano—. Esa es una larga historia y, fíjate, Toby y yo compartimos unas horribles cuarenta y tantas horas. No fue bonito. Y supongo que desde que soportamos juntos funciones corporales repugnantes, estamos aún más unidos. Ayer, pasamos todo el día vegetando en el sofá, ayudándonos mutuamente a cuidar de Benson.

*Como lo haría una pareja...*

Ella señaló con la cabeza su almuerzo de galletas y zumo.

—¿Y todavía no te sientes mejor?

—Me siento mucho mejor de lo que estaba, pero no juego a poner a prueba mi estómago.

En ese momento, sonó su teléfono con su FaceTime habitual a la hora de comer. Gideon apoyó el teléfono contra la ventana, al final de la mesa, para que ambos pudieran ver la pantalla. Respondió a la llamada y la cara sonriente de Benson apareció en la pantalla.

—Saluda a Papá —se oyó decir a la voz de Toby—. Y dile a Papá que te has tomado un biberón *y* algo de Farex porque ya eres mayorcito. —Luego hubo un silencio—. Oh, no estás en tu oficina. Lo siento.

Lauren se inclinó para que su cara quedara en pantalla.

—¡Hola, Toby! Estamos almorzando.

Entonces la cara de Toby apareció en pantalla, sonriendo. Hermoso.

—Oh, hola — respondió. Luego dejó el teléfono, cogió a Benson y lo sentó en sus rodillas. Puso a Benson de frente a la pantalla—. Mirad, hoy lleva su traje naranja de astronauta. ¿No es el astronauta más mono que hayáis visto nunca?

Gideon asintió.

—Seguro que sí.

No hablaba sólo de Benson. Y podía sentir los ojos de Lauren sobre él, pero se negó a mirarla.

—Vamos a ir al parque esta tarde —dijo Toby—. Creo que estoy preparado. He comido galletas y un poco de Lucozade, y me siento mucho mejor.

Gideon levantó sus galletas y su zumo.

—Estoy comiendo lo mismo que tú.

Toby sonrió y le dio a Benson un beso en la coronilla. A Gideon le dio un vuelco el corazón.

—Quizá haga una sopa para cenar, sólo con verduras y caldo —dijo Toby. Se inclinó más hacia la cámara—. Sin pollo.

Gideon rio entre dientes.

—Suena perfecto.

Entonces Toby agitó la manita de Benson.

—Despídete de papá. Si vamos al parque, tenemos que irnos.

Gideon sonrió con cariño a la pantalla y se despidió con la mano.

—Adiós.

Lauren también se despidió.

—¡Adiós!

En cuanto la pantalla se quedó en negro, ella empujó suavemente a Gideon.

—Estás acabado.

Se burló.

—¿Qué?

—La forma en que lo miras.

—Estaba mirando a Benson.

Ella enarcó una ceja al estilo de "no me jodas".

—No, tenías cara de "ains, ahí está mi niño bonito" cuando Benson estaba en pantalla, pero cuando apareció Toby, y cuando estaba sosteniendo a Benson, toda tu cara cambió. Gideon te conozco.

Iba a discutir... pero ¿para qué?

Lauren tomó un último bocado de pasta antes de apartarlo.

—¿Qué vas a hacer?

—¿Sobre qué?

—Sobre él.

—Nada. Voy a seguir cenando con él todas las noches, viendo la tele y cachondeándome de todos los estúpidos de los reality shows. Y dormir a su lado en la misma cama, si quiere seguir haciéndolo, y hacerle tostadas por las mañanas, y tener videollamadas todos los días a la hora de comer.

—Básicamente sois una pareja —dijo—. Sin el compromiso oficial. Y eso va a llevar a herir sentimientos. Sólo lo digo porque te quiero, pero creo que podría ser tu corazón el que se rompa, y no quiero eso para ti.

—Yo tampoco quiero eso.

—Creo que quizás Toby y tú necesitáis tener una pequeña charla.

Gideon suspiró.

Odiaba que ella tuviera razón.

—Lo sé.

—No olvides que técnicamente eres su jefe.

Gideon se encogió.

—No hay forma de arreglar esto. Si él está interesado en mí, ¿qué significa eso para su trabajo como niñero? ¿Para su trabajo con nosotros? No quiero perderlo como niñero. Ha encajado en nuestras vidas tan perfectamente. Y su madre fue increíble. Cuidó de nosotros y se preocupó por mí. —No podía creer que fuera a admitir esto en voz alta—. Fue tan agradable tener una madre que se preocupara por mí. He echado de menos eso.

Lauren puso cara triste.

—Oh, Gideon.

—Y sé que todo esto me hace parecer patético, pero me gusta que ya no estoy solo. Me gusta la comodidad de tener a Toby cerca, durmiendo a mi lado. Me gusta que su madre me cuidara cuando estaba enfermo. —Se encogió de hombros—. Pero es más que eso.

—Sé que lo es —dijo ella con dulzura—. Vi tu cara hace un momento cuando lo viste. Vi la mirada en tus ojos.

Su estómago se sentía todo revuelto, y no tenía nada que ver con la intoxicación alimentaria.

—Así que creo que no haré ni diré nada. Disfrutaré de nuestras noches juntos, de las cenas, de la compañía, de las risas, sin arriesgarme a alejarlo. Y si las cosas entre nosotros cambian, si las cosas progresan... —Le dirigió una mirada y ella comprendió lo que eso significaba—. Entonces podremos afrontarlo. Pero hasta entonces...

Me dio una palmadita en el brazo.

—Hasta entonces.

---

TOBY SE SENTÓ JUNTO A ANIKA, CON BENSON EN SU regazo.

—Dios mío, ¿has perdido cinco kilos desde la semana pasada? —preguntó.

—No han sido cinco —dijo.

—Dime cómo —suplicó hurgándose la barriga—. Tres bebés me han hecho esto.

—Pollo poco hecho —respondió—. Y tres días de querer morirme.

—Argh. —Hizo una mueca—. Eso no es bueno.

Negó con la cabeza.

—No. No lo fue. Empezamos a estar bien ayer por la tarde.

—¿Nosotros?

—Gideon y yo.

Pellizcó la pierna regordeta de Benson.

—¿Y este angelito?

—Oh, Dios, no. Gracias a Dios que la intoxicación alimentaria no es contagiosa.

—Me alegro de que te sientas mejor. —Entonces ella hizo una cosa rara con su ceja—. ¿Cómo está tu sexi jefe con su sexi bigote? ¿Sigue siendo sexi?

—Como siempre.

Parecía sorprendida.

—¿Ah? —Ella se inclinó y susurró—: ¿Qué tan sexi estamos hablando?

Toby se rio entre dientes, pero recordaba claramente a Gideon saliendo del cuarto de baño con una toalla alrededor de la cintura y la piel empapada de agua. Y el aspecto que tenía esta mañana con sus pantalones de traje y su camisa de negocios.

Suspiró.

—Sabes, nunca me habían gustado los bigotes hasta ahora.

Sonrió.

—Sabes que por algo los llaman "bigotes de manillar", para que tengas algo a lo que agarrarte.

—¡Dios mío! —Toby cubrió los oídos de Benson.

Anika se rio, pero le hizo un gesto con la mano.

—Mi mejor amigo es gay —susurró—. Y Demasiadainformación es su segundo nombre. Me lo cuenta todo, y me refiero a *todo*.

Toby resopló.

—Bueno, por muy sexi que sea, no estoy... agarrándome a los bigotes, si sabes a lo que me refiero. —Suspiró—. Después de todo, es mi jefe.

Hizo una mueca.

—¿Sabes lo que te digo? Al diablo con las reglas. Si es bueno y lo quieres, hazlo. Sois adultos, y la vida es demasiado corta.

—No es tan sencillo —refunfuñó—. Técnicamente estoy contratado a través de una agencia. Si se enteraran...

—¿Quién se los va a decir?

Él se rio y negó con la cabeza.

—De todos modos, no importa. A él no le interesa. ¡Y a *mí* tampoco me interesa! ¿Qué estoy diciendo? Estoy hablando como si estuviera interesado, y no lo estoy. Realmente no lo estoy.

Anika levantó una ceja perfectamente arqueada.

—Ajá. Para que lo sepas, si alguna vez te secuestran y tienes que mentir para salvar la vida, estás muerto al cien por ciento. No sobrevivirás ni un poquito. Eso fue lamentable.

Acercó su hombro al de ella.

—Gracias. —Tuvo que usar el babero de Benson para limpiarle los ríos de babas de la barbilla y luego le dio un mordedor de gel.

—Agh, la dentición es lo peor —dijo Anika—. Eso me recuerda que tengo un vale para pañales. —Rebuscó en su bolsa de pañales y le dio a Toby un papelito—. Demasiado pequeños para mi señor rellenito —dijo, dándole un beso a su precioso pequeño.

—¡Oh, muchas gracias! Cualquier cosa que pueda usar para ahorrarle algo de dinero a Gideon sería genial.

—Dímelo a mí —me dijo—. Tengo que volver al trabajo en dos meses. Nueve semanas para ser exactos. —Miró a Malek con cariño—. Quería tener más tiempo, pero el dinero escasea. La baja por maternidad fue genial mientras duró. —Suspiró—. Pero tengo más suerte que otros; tengo mi antiguo trabajo al que volver y gano buen sueldo, así que no me puedo quejar de eso. Sólo desearía poder quedarme en casa con ellos para siempre, ¿sabes?

Toby asintió.

—A Gideon también le costaba. Pero lo llamamos por FaceTime durante su hora de almuerzo, lo que ayuda, creo. ¿Has pensado en opciones de cuidado de niños?

Anika hizo una mueca y volvió a suspirar.

—Hay una guardería en mi edificio de oficinas...

—¿Pero? —definitivamente iba a haber un pero.

—Pero no sé. Es conveniente, sí. Pero no sé si es lo mejor para nosotros. Me he reunido con ellos y son encantadores y profesionales, pero... —Se encontró con la mirada de Toby—. Dios, voy a ser una de ese tipo de padres, ¿no? La frase de "mis bebés son demasiado preciosos para cualquier cosa genérica" que solía odiar. Solía burlarme de la gente como yo, Toby.

Se rio, pero comprendía su dilema.

—Tienes que hacer lo que sea mejor para ti y para tus bebés. Ninguna situación de cuidado de niños es perfecta.

—Excepto la tuya —dijo con otro empujón en el hombro de Toby—. Ser el niñero del Sr. Guaperas.

Toby se rio, pero Benson empezó a refunfuñar. Toby lo subió a su regazo, le dio mimos, intentó hacerlo reír, pero fue en vano.

—Vale, será mejor que me lleve a este grandulón a casa a dormir la siesta.

Anika puso cara triste.

—Ayyy, espero que sus dientes salgan pronto.

Toby gimió.

—Dios, yo también. —Recogió y se fue a casa, y Benson refunfuñó casi toda la tarde. No durmió mucho y ni siquiera el gel para la dentición le ayudó. Estaba llorando cuando Gideon llegó a casa. Fue directo a la cocina, donde Toby intentaba distraer a Benson preparando la cena—. Oh, ¿qué le pasa a mi hombrecito?

—Necesita mimos de papá —dijo Toby como explicación, entregándole a Benson—. Hace que sus encías se sientan mejor.

Toby estaba seguro de que los mimos de Gideon podían arreglar cualquier cosa. Recordaba perfectamente sus brazos alrededor de él y exactamente cómo se sentía... y lo mucho que le gustaría volver a sentir aquello.

En cuanto Gideon abrazó a Benson, éste hundió la cara en el cuello de Gideon y dejó de llorar. La cara de Gideon no tenía precio.

—Ohhhh.

—Te dije que necesitaba a su papá.

Sonrió, frotando la espalda de Benson, balanceándose un poco.

—¿Crees que son sólo los dientes?

Toby asintió.

—Sí. Si ves sus encías, puedes ver que sus dientes están justo ahí.

Gideon siguió frotando la espalda de Benson y frunció el ceño.

—Pobrecito.

—Hice sopa. ¿Sigue pareciéndote bien?

Gideon asintió.

—Perfecto.

—Ve y siéntate con él y yo terminaré aquí.

—¿Estás seguro?

—Completamente. De todos modos, creo que hoy Benson está harto de mirarme a la cara. Definitivamente necesita mimos de papá.

Gideon hizo un mohín de tristeza.

—Dudo mucho que esté harto de tu cara —dijo todavía frotando la espalda de Benson—. Tienes una de sus caras favoritas.

Toby sonrió al ver a Gideon salir de la cocina. Le encantaba ver a Gideon con Benson. Le hacía muy feliz verlos juntos. Siempre le había alegrado ver a los niños que cuidaba estrechar lazos con sus padres.

Sin embargo, esto parecía diferente.

Tal vez fuera porque Gideon era un padre soltero. Un padre gay soltero, por cierto.

Pero la forma en que le hacía sentir calor en el pecho y las mariposas en el vientre, nerviosas y encantadoras... nunca se había sentido así con ninguna familia con la que hubiera trabajado.

No estaba seguro de haber sentido algo así por nadie.

Removiendo la sopa durante más tiempo del necesario, le dio a Gideon un rato a solas con Benson, y también a su corazón un momento para respirar.

Sabía que lo que sentía por Gideon no favorecía una relación laboral, así que trató de ignorarlo. Lo ignoró cuando volvió a la sala de estar y encontró a Gideon sosteniendo a un somnoliento Benson, meciéndolo suavemente y acariciándole la mejilla.

Lo ignoró cuando tomaron la sopa, sentados uno frente al otro en la mesa.

Ignoró la forma en que Gideon sonreía, los ojos brillantes cuando lo miraba.

Ignoró el vértigo en su vientre, el apretón de su corazón.

Ignoró cómo le latía todo el pecho cuando Gideon le cantó a Benson al bañarlo, darle de comer y acostarlo.

—Te amo hasta la luna y de vuelta —cantó Gideon, su canción de cuna inventada, suave y tranquilizadora.

Toby se esforzó en ignorarlo.

Ignoró cómo Gideon elegía el mismo sofá que Toby para sentarse, con la pierna acurrucada debajo de él, sentándose un poco más cerca de lo que probablemente debía. Toby ignoró la oleada de mariposas que eso le produjo.

Ignoró cómo le latía el corazón cuando Gideon le preparó una taza de té, e ignoró cómo se sentaba aún más cerca que antes.

A la hora de dormir, Toby optó por dormir en su propia cama. Por el bien de su cordura. Por su trabajo.

Ignoró el estremecimiento de los ojos de Gideon, la forma en que intentaba ocultar su sorpresa y su dolor. Se quedó allí tumbado, mirando al techo durante lo que parecieron horas, con las esperanzas de conciliar el sueño desvanecidas, sustituidas por imágenes de la sonrisa de Gideon, sus ojos, su bigote. La calidez y seguridad de cada roce de sus dedos, la forma en que hacían sentir a Toby.

Quería saber cómo se sentía contra él. Quería saber cómo besaba. Dios, lo que haría por saber cómo besaba Gideon. Toby estaba seguro de que besaría muy bien. Quería saber cómo se sentía ese bigote...

*Deja de pensar en ello, Toby, y duérmete.*

Pero no tenía ninguna esperanza de dormir. Pasada la una de la madrugada, se sentó en el borde de la cama en la oscuridad, enfadado consigo mismo por lo que iba a hacer.

Cogió la almohada y abrió la puerta de su dormitorio, con la intención de entrar en la habitación de Gideon. Pero la puerta de Gideon estaba abierta y la luz de la cocina encendida. ¿Y había un grifo abierto?

¿No se encontraba bien?

Oh, Dios, ¿Toby lo había envenenado con comida dos veces en una semana?

Se dirigió hacia la cocina y encontró a Gideon en el fregadero, bebiendo un vaso de agua. Llevaba su pijama de rayas azules y una camiseta blanca. No parecía sorprendido de ver a Toby, ni enfermo.

Miró a Toby de arriba abajo, deteniéndose en la almohada que este sostenía.

—No podía dormir —dijo Toby.

—Me pasa igual —murmuró Gideon. Le tendió el vaso—. ¿Quieres un poco de agua?

Toby se acercó lo suficiente como para coger el vaso. Se lo bebió de un trago, con los ojos fijos en Gideon, y vio cómo los ojos de este se dirigían a su boca y a su garganta mientras tragaba. Los labios de Gideon se entreabrieron cuando la lengua de Toby atrapó una gota de agua, con la mirada fija y ardiente.

Santo cielo.

A pesar de todo lo que había ignorado, de todo lo que había fingido, Toby no podía ignorar aquello.

Gideon cogió el vaso y sus dedos volvieron a rozarse, calientes y eléctricos. Gideon soltó un suspiro y su mirada se dirigió a la de Toby.

—Yo... debería... —Tragó saliva, con el pecho subiendo y bajando—. Dios, necesito...

Fue a rodear a Toby, pero éste le agarró del brazo. No era

su intención. No recordaba haberse movido, pero cuando miró hacia abajo, su mano había agarrado a Gideon.

Gideon bajó la mirada hacia la mano de Toby y luego la subió a su cara, con los ojos implorantes, los labios entreabiertos y el pecho agitado.

Estaban tan cerca, sus cuerpos casi tocándose. El calor entre ellos a punto de estallar.

Toby dejó caer la almohada y deslizó la mano por la mandíbula de Gideon, sintiendo la barba incipiente sobre la piel caliente. Aquellos labios rosados casi le hacían perder la cabeza, y si no los besaba, los sentía y los saboreaba, estaba seguro de que se volvería loco.

Se inclinó hacia él, levantó un poco la mandíbula de Gideon y sus narices apenas se separaron unos centímetros. Gideon jadeó y se lamió los labios.

—Dime que sí —jadeó Toby.

Gideon parpadeó lentamente, con los ojos oscuros.

—Sí.

*Gracias a Dios.*

Toby presionó su boca contra la de Gideon, dura y exigente. Empujando a Gideon contra la encimera de la cocina, Toby deslizó la lengua en la boca de Gideon.

Llevaba demasiado tiempo deseándolo como para ser paciente o delicado. Gideon gruñó cuando sus lenguas se encontraron y el sonido hizo que a Toby le flaquearan las rodillas. Sus dedos encontraron el pelo de Gideon, le sujetaron la cabeza y lo besaron con más fuerza. Sabía a menta y a sueños hechos realidad.

Gideon rodeó a Toby con sus brazos, acercándolo, y Toby pudo sentir la excitación de este presionando contra la suya.

Eso hizo que Gideon gimiera y se apretara contra él. Sus manos se deslizaron por el culo de Toby, apretándolo y acercándolo aún más.

Lenguas, dientes, manos y calor corporal, todo lo que

Toby necesitaba. El agarre de Gideon se hizo más fuerte y Gideon empujó contra él, dándole la vuelta y empujándolo con más fuerza contra el mostrador. Desesperado, exigente...

Toby aún sujetaba la cara de Gideon, su cuello, aún tenía la lengua en la boca de Gideon, y tenía que tomar una decisión...

Calmarse o llevarlo a la cama.

Con las manos en la cara de Gideon, rompió el beso y sus frentes se tocaron. Respiraban entrecortadamente, con el pecho agitado.

—Dime qué debo hacer —susurró Toby.

Los ojos de Gideon se cerraron y parecía desgarrado. Pero sus caderas seguían juntas, con las erecciones presionándose entre ellos.

Sin embargo, no hubo respuesta.

—No pasa nada —murmuró, dando un paso atrás.

Gideon alargó la mano y agarró la camiseta de Toby. Y cuando Gideon lo miró, incluso en la cocina a oscuras, sus ojos ardían en llamas.

Esa era toda la respuesta que Toby necesitaba.

# Capítulo Once

G IDEON SABÍA QUE NO HABÍA VUELTA ATRÁS.

En retrospectiva, sabía que no había vuelta atrás desde el momento en que se admitió a sí mismo que sentía algo por Toby.

¿Pero besarle?

¿Saborearlo, sentir su cuerpo y abrazarlo?

Había cruzado la línea, y no lo lamentaba. Quería esto. Quería a Toby más de lo que nunca había querido a nadie, y ahora que lo había probado...

No había querido agarrar así la camiseta de Toby, pero la idea de que se alejara hizo reaccionar el cuerpo de Gideon.

—Te deseo —dijo Gideon con voz áspera—. Pero tengo que saber si te parece bien. Sé que es complicado, pero joder, Toby, te deseo. Te quiero en mi cama, no sólo para dormir. Quiero estar contigo. Pero necesito que me digas que quieres esto.

Toby despegó los dedos de Gideon de su camiseta y, sin soltarle aún la mano, le condujo a la habitación. Gideon tenía el corazón en la garganta, atronador. Y para su sorpresa, Toby lo empujó sobre la cama.

Subió tras él, trepando por su cuerpo, con ojos fieros y decididos.

—Me parece más que bien —dijo presionando su boca contra la de Gideon, forzando su lengua en el interior.

Las rodillas de Toby abrieron las piernas de Gideon e inclinó su cuerpo sobre el de este, con la erección de Toby caliente y dura contra la suya. Gideon jadeó, sus caderas se elevaron, moliéndose, agarrándolo, desesperado por más.

Toby estaba completamente a su cargo, y Gideon se rindió. El placer, el deseo, ser querido así.

Todo lo que Gideon podía hacer era gemir y darle a Toby lo que quisiera. Y Toby no tuvo reparos en aceptarlo.

Con una mezcla perfecta de exigencia y delicadeza, lo sostuvo, clavándole los dedos en la piel y luego dándole ligeros toques. Su lengua profundizó, luego chupó el labio inferior de Gideon. Besó el cuello de Gideon, suave y dulcemente, luego raspó los dientes y le dio un mordisco. Gimió obscenidades en su oído y luego gimió como un chico virgen.

Todo el cuerpo de Gideon ardía. Cada célula a merced del tacto de Toby. Ya estaba a punto de correrse. Y entonces Toby se echó hacia atrás, acariciando la polla de Gideon, deslizando la mano dentro de sus calzoncillos para envolverla con los dedos.

La cabeza estaba húmeda y caliente, el placer era excesivo.

—Joder, Toby, oh, Dios —jadeó Gideon. Su polla estaba dura como una roca, su orgasmo tan cerca, empujándolo a ese lugar donde el dolor y el placer se encuentran—. Me voy a correr.

—Sí, dámelo —gruñó Toby.

El éxtasis se apoderó de Gideon, un placer cegador estalló en su interior y se desbordó. Su espalda se arqueó sobre la cama y eyaculó sobre su vientre, sobre la mano de Toby. El orgasmo le recorrió oleada tras oleada, con la mente en blanco.

Apenas se dio cuenta de que Toby estaba inclinado sobre

él, con una mano cerca de la cabeza de Gideon y la otra acariciando su propia polla. Gideon intentó concentrarse en la cabeza de la polla deslizándose por el puño de Toby, pero la cara de Toby... el placer y la urgencia eran una auténtica belleza.

Gideon se agachó y le tocó las bolas, Toby abrió los ojos y, con un fuerte gemido, eyaculó sobre el pecho de Gideon.

—Tan jodidamente caliente.

Toby se estremeció mientras expulsaba lo último de su semen, bajando la cabeza, jadeante y agotado.

Gideon tiró de él hacia abajo, soportando todo su peso y sin preocuparse por el lío que había entre ellos.

—Ha sido la paja más caliente de la historia —murmuró Gideon, y Toby soltó una risita.

Sonaba agotado y era un peso muerto encima de Gideon. Un peso delicioso y perfecto. Trazó círculos en la espalda de Toby, patrones y remolinos. Casi esperaba que Toby se durmiera, que pudieran quedarse así toda la noche.

Donde la realidad nunca les molestaría.

Con un suspiro, Gideon los puso de lado.

—Déjame coger una toallita.

Toby murmuró, pero no abrió los ojos, así que Gideon se escurrió de la cama. Se aseó, se puso unos calzoncillos limpios y se llevó una toallita húmeda a la cama.

Toby estaba de espaldas, con los ojos cerrados, la respiración uniforme y profunda. Gideon sonrió... Lo limpió y llevó la toalla al baño, luego atrajo a Toby y lo abrazó.

Las cosas serían diferentes por la mañana.

Gideon no sabía si estarían mejor o peor, pero sabía sin duda que su relación había cambiado.

Así que, si lo único que le quedaba era esta noche, aquí mismo, con Toby entre sus brazos y el olor de su sexo en la piel, Gideon lo aceptaría. Toby se acurrucó contra él, respirando hondo. Gideon lo abrazó con más fuerza, le besó la cabeza y cerró los ojos.

---

GIDEON SE DESPERTÓ SOLO.

No era raro. Toby a menudo se levantaba antes que él, atendiendo a Benson. Pero anoche había sido diferente.

¿Había necesitado Toby algo de distancia? ¿Se había despertado con remordimientos?

Gideon esperaba que no. Se esforzó por escuchar, por oír qué, exactamente, no estaba seguro. Pero no oyó nada.

Tenía que levantarse y enfrentar la situación. Toby y él tendrían que hablar, eso estaba claro.

Justo cuando estaba a punto de echar las sábanas hacia atrás, la puerta de su habitación se abrió y apareció Toby, sujetando a Benson como un pequeño Superman, haciéndolo volar hasta la habitación.

—Mira, papá —dijo Toby con una amplia sonrisa—. ¡Mira quién tiene dos dientes!

Gideon se incorporó.

—¿Le han salido?

—Sí. —Toby le entregó a Benson. Benson sonreía, se le caía la baba, pero lo cierto es que había dos dientecillos blancos en la parte de abajo.

Gideon no se lo podía creer.

—¡Míralos! ¿Quién es un niño grande ahora? —Hizo pedorretas sobre la barriguita de Benson y sobre su cuello, haciendo que Benson chillara y riera.

Cuando Gideon levantó la vista hacia Toby, este le estaba mirando fijamente, con los ojos muy abiertos.

—Oh.

Se detuvo, con el estómago caído.

—Oh, ¿qué?

Toby se frotó el cuello y frunció el ceño.

—Eh, hoy vas a tener que llevar corbata al trabajo. ¿Hace demasiado calor para un jersey de cuello alto? —La comisura de su labio se dibujó hacia abajo—. Lo siento.

Oh.

Toby puso una rodilla en la cama, se inclinó y cogió a Benson.

—Este nuggetcillo necesita más desayuno. —Luego volvió a mirar el cuello de Gideon e hizo una mueca, pero también se rio un poco—. Lo siento.

*Bueno, hasta aquí llegó la incomodidad.*

Gideon se levantó de la cama y fue al cuarto de baño a mear y a ver qué demonios le pasaba en el cuello. . .

Santo cielo.

Un gran chupetón morado le salpicaba el costado de la garganta, hasta donde empezaba el hombro.

Recordó la forma en que Toby había raspado sus dientes allí, cómo había chupado y lamido. Recordó lo bien que se había sentido.

Pero joder, parecía que había estado en una pelea de lanzamiento de ciruelas y había perdido.

Dudaba que una camisa con cuello y una corbata pudieran ocultarlo.

Gideon se inclinó más para inspeccionarlo. ¿Eran marcas de dientes? Eso parecía.

Pero se sorprendió a sí mismo sonriendo mientras pasaba los dedos sobre la mancha púrpura, y se encontró con su propia mirada en el reflejo. ¿Se arrepentía de lo que habían hecho? En absoluto. ¿Le importaba tener un enorme mordisco de amor morado en el cuello? Por supuesto que no.

En realidad, le gustaba.

Le gustaba que Toby hubiera hecho eso, marcarlo.

Hizo sus necesidades y, al lavarse las manos, se vio sonriendo en el espejo.

*Contrólate, Gideon.*

Meneando la cabeza para sí mismo, fue en busca de café y de cierto nuggetcillo de pollo con dos dientes.

*¿Acabo de llamarlo nuggetcillo de pollo?*

*Que Dios me ayude.*

Benson estaba en su hamaca, colocado frente al sofá, y Toby le daba de comer una cucharada de Farex líquido. A Gideon le parecía muy poco apetitoso, pero Benson estaba disfrutando.

—No puedo creer que tenga dos dientes —dijo Gideon.

—No puedo creer que te haya hecho eso —dijo Toby apuntando la cuchara al cuello de Gideon—. ¿Te salen moretones con facilidad? ¿O es que yo estaba demasiado ansioso?

*Correcto. Así que íbamos a hablar de ello abiertamente así.*

—Bueno, nunca he sido de los que se magullan fácilmente, así que...

—¿Así que estaba demasiado ansioso? ¿Es eso lo que estás diciendo?

*Cielos.*

—Eh, yo diría que estabas en la medida correcta de ansioso. Si ansioso fuera una cosa cuantificable, definitivamente era la cantidad perfecta.

Toby se rio mientras se levantaba.

—¿Te da vergüenza?

—No, yo sólo... No estaba seguro de cómo estaríamos esta mañana. Si sabes lo que quiero decir.

Toby le entregó el cuenco de Farex.

—Iré a hacer el café. Tú dale de comer a este pequeño hipopótamo hambriento y mira sus nuevos dientes.

Así que, aparentemente, cómo iban a estar el uno con el otro esta mañana era exactamente cómo estaban todas las mañanas.

Gideon sonrió, aliviado. *Muuuy aliviado.*

Tomó asiento y empezó a alimentar a Benson, vislumbrando de vez en cuando esos dos pequeños dientes blancos que le habían molestado durante semanas. Benson estaba mucho más contento esta mañana, con grandes sonrisas y ojos brillantes, y todo un hipopótamo hambriento. Se comió todo el cereal y Gideon lo estaba limpiando cuando Toby entró con dos tazas de café.

Le entregó una a Gideon.

—Gracias.

Toby se sentó en el sofá, dio un sorbo a su café y suspiró.

—Entonces, sobre anoche.

Oh, vaya.

Había sido una mañana de yoyó.

—Sí, sobre lo de anoche —empezó Gideon.

—Sólo quiero decir —añadió Toby rápidamente—, que no me arrepiento en absoluto. Y no me opondría a que siguiéramos haciendo lo mismo. Pero... —dijo haciendo una mueca—. Estoy bastante seguro de que estás a punto de decir algo responsable y razonable, que entenderé totalmente.

Gideon se encogió de hombros.

—He intentado tener una conversación responsable y razonable conmigo mismo.

—¿Has tenido suerte?

—Ninguna.

—Yo tampoco. —Toby suspiró, se echó hacia atrás, cruzó las piernas y sonrió detrás de su café—. Mentiría si dijera que no me atraes. Quiero decir, estás muy bueno.

Gideon casi derrama su café.

Toby sonrió satisfecho.

—Pero sé que el trabajo es el trabajo, y las cosas sólo se complican si se lo permitimos, ¿no? Podemos establecer algunas reglas básicas.

—Benson tiene que ser nuestra prioridad —dijo Gideon—. Ésa es mi única condición.

—Estoy completamente de acuerdo. —Toby asintió—. Si las cosas se ponen demasiado raras, nos calmamos y volvemos a la normalidad. Los dos somos adultos. Podemos hacerlo, ¿verdad?

Gideon intentó tragar saliva y no lo consiguió; luego intentó beber un sorbo de café y tampoco lo consiguió. No estaba seguro de poder calmarse y fingir que no sentía nada por él.

—Así que —continuó Toby—, nuestros días siguen siendo como siempre: tú haces tu trabajo, yo hago el mío; pero nuestras noches pueden volverse un poco más interesantes. Ya me entiendes.

Gideon sonrió.

—Has pensado en esto.

—La verdad es que no. Nunca he tenido *noches interesantes* con nadie para quien haya trabajado antes, así que estoy tratando de pensar en cosas que debería decir.

—Me parece justo.

Toby estudió a Gideon durante unos largos segundos y se sintió muy escrutado.

—¿Estás seguro de que estás de acuerdo con esto, Gideon? Porque no estás diciendo mucho.

La cabeza empezaba a darle vueltas.

—Me parece muy bien —respondió—. Es todo muy nuevo y tú eres muy franco en estas cosas. Si te sirve de algo, yo también te encuentro muy atractivo. —Intentó no sonrojarse—. Hace tiempo que intento no pensar en ti de esa manera.

—¿Ha habido suerte?

Se rio entre dientes.

—Ninguna.

Toby sonrió mientras sorbía su café y Gideon no estaba

seguro de qué decir a continuación. Probablemente aún tenían cosas que discutir, pero antes necesitaba mentalizarse de todo.

—Para que lo sepas —dijo Toby—, soy versátil. Arriba o abajo, soy mandón de cualquier manera.

A Gideon se le salió el café por la nariz.

---

TOBY NO ESTABA SEGURO DE POR QUÉ ESTABA siendo tan exigente. Aparte de que nunca había deseado tanto a nadie en su vida, y aparte también de que Gideon se estaba mostrando tímido y sonrojado, le resultaba entrañable.

Y caliente.

Lo que habían hecho anoche estaba alimentado por puro deseo. Toby ya había tenido encuentros sexuales muy calientes, pero con Gideon había una necesidad emocional además de la física.

Quería a Gideon.

Cuerpo y corazón.

Así que podía levantarse a la mañana siguiente y ser todo torpe y dudar de sí mismo, o podía levantarse y ser un alarde de confianza y seguridad. Toda la vida le habían dicho a Toby que era un mandón, así que ¿por qué iba a ser diferente?

También sabía que, si Gideon detectaba un atisbo de duda, caería en una espiral de "qué he hecho", unida a la culpa por abusar de su posición de empleado/poder. Lo cual era totalmente ridículo porque era Toby quien llevaba la voz cantante.

Mandón, ¿recuerdas?

Así que declaró desde el principio que quería más de lo mismo, estableció algunas reglas básicas rápidas que parecían apropiadas y dejó que las fichas cayeran donde tuvieran que caer.

Gideon había ido a trabajar con una sonrisa y una pizca de

asombro en los ojos, y Toby supo que había tomado la decisión correcta.

Gideon lo deseaba, de eso no le cabía duda. Solo que nunca habría actuado sin un estímulo.

Cuando Benson se fue a dormir la siesta, Toby sacó el teléfono y llamó a su hermano. Josh contestó al cuarto timbre.

—Estoy en el trabajo, más vale que sea bueno.

—Tuve sexo con Gideon.

Josh hizo un ruido estrangulado.

—¿Tú qué?

—Bueno, no sexo-sexo, sino algo sexual, si sabes a lo que me refiero.

Entonces él gritó-susurró en el teléfono.

—¡¿Tú qué?! —Sonaba como si estuviera caminando. Entonces se abrió una puerta, seguida por el sonido del viento y el tráfico. Estaba claro que había salido—. Toby ya hablamos de esto. ¡No ibas a hacer nada!

—Bueno —dijo Toby—. Ya sabes lo que dicen del camino al infierno y las buenas intenciones.

—¿Dime qué ha pasado?

—¿Quieres detalles? Hermano, no creo...

—No esos detalles, gilipollas. ¿Qué pasó después? ¿Estás despedido?

—No. —Toby se burló con incredulidad—. Hemos acordado ampliar nuestra relación de trabajo.

—Ah, cielos. Sabes que esto no acabará bien. ¿Cómo puede acabar bien? ¿Cómo, Toby?

—No lo sé. Sólo hemos acordado detenernos si las cosas se ponen raras.

Josh resopló.

—Raras, ¿eh? ¿Por la definición de raro de quién es la vara de medir en este asunto?

Toby se rio entre dientes.

—Vara de medir. Has pasado demasiado tiempo con el Abue. ¿Tienes ochenta años?

Josh suspiró.

—Esto terminará mal, y estoy tratando de ser la voz de la razón.

—Bueno, en el caso de que todo se vaya al infierno, puedes decir que te lo dije. Pero hasta entonces, puedes relajarte.

—Así que asumo que fue bueno entonces. Todo lo que querías, el Sr. Magnum PI es genial en la cama, y...

—Es Magnum, sin duda.

—Ah, cielos, Tobes. No, gracias.

—Y a Benson le han salido sus dos primeros dientes, así que ha sido un gran día en esta casa.

Josh suspiró de nuevo y sonó como si se hubiera pasado la mano por la cara.

—¿Quieres saber lo que pienso?

—No particularmente.

—Creo que estás sobrepasado. Creo que ahora estás jugando a las casitas con el sexi padre soltero y su guapo hijo. Creo que no estás tratando esto como un trabajo, sino más bien como una relación, y no sé cómo eso puede terminar bien para ti.

—Bueno, gracias por su aportación, Sr. Optimista.

—No quiero que te hagan daño, Tobes —dijo suavemente —. Ya te gusta este chico. Ya no estás pensando con claridad porque tu corazón está tomando decisiones. Y tu polla, por lo visto.

Toby resopló.

—Bueno, mi corazón y mi polla superan a mi cerebro, así que...

—No puedo disuadirte de esto, ¿verdad? No tiene sentido intentar razonar contigo.

—No. Sólo estate ahí con los bombones de "te lo dije" cuando tenga el corazón roto y esté en paro.

Josh murmuró algo y volvió a suspirar.

—Lo haré. ¿Todavía te recojo el viernes?

Oh. Viernes. Toby no había pensado en pasar el fin de semana lejos de Gideon. Sabía que debía hacerlo. Necesitaba ausentarse del trabajo porque había estado enfermo el fin de semana pasado y no había ido a casa de sus padres.

Pero la idea de dejar a Gideon y a Benson le entristecía.

—Sí, supongo. El viernes a las seis.

—Jesucristo, ya lo tienes mal. Es un fin de semana, Toby. Necesitas un tiempo lejos de él —dijo Josh—. Tal vez un tiempo separados te ayude a ver las cosas con un poco de claridad. Tal vez mamá pueda hacerte entrar en razón.

—Fue mamá quien nos metió en la misma cama. Ella empezó todo esto.

—¿Ella qué? ¿Sabes qué? No importa. Vino a casa diciéndonos lo maravilloso que era Benson y lo adorable que era Gideon.

Toby se rio.

—Dile que os invitaré a cenar el viernes por la noche.

—Mientras no lo cocines. No quiero morir envenenado.

—No morirás. Desearás la muerte, muchas veces, aunque las posibilidades de que realmente te mate son escasas.

—Tengo que volver al trabajo. Intenta mantener la polla en los pantalones hasta que hayas hablado con el Sr. Bigote sobre lo que pasará con tu trabajo cuando todo esto se vaya a la mierda.

—Lo intentaré.

Toby cortó la llamada a mitad del suspiro de Josh.

Sabía que cada cosa que Josh había dicho merecía una reflexión más profunda, y probablemente tenía más verdad de lo que Toby estaba dispuesto a admitir.

¿Estaba jugando a las casitas?

Hmm, el hecho de que Toby no quisiera responder a eso era la respuesta en sí misma. ¿Estaba fingiendo que tenían algún tipo de relación? ¿Que era el compañero de hogar del exitoso e increíblemente guapo padre?

Tal vez.

¿Hacía daño a alguien? ¿Era perjudicial fingir esas cosas? Mientras mantuviera la realidad bajo control, Toby pensó que estaría bien.

No tenía una relación con Gideon. Tenían un acuerdo. Un acuerdo nocturno que no afectaba a sus acuerdos diurnos. Él era el niñero de Benson durante el día, el amante de Gideon por la noche.

No tenía por qué ser complicado. Josh sólo se preocupaba, eso era todo.

¿Verdad?

Toby lo dejó todo a un lado mientras hacía sus tareas matutinas y, cuando Benson se despertó, pasaron un rato en el jardín, luego Toby le leyó algunos libros y después Benson estuvo un rato en el suelo bajo su gimnasio de juegos.

Todo mientras Toby intentaba con todas sus fuerzas no pensar en lo que Josh había dicho.

Cuando llegó el momento del FaceTime a Gideon para la habitual video llamada de Benson con su padre a la hora del almuerzo, Toby se sentó con Benson en su regazo, como hacía normalmente, y sostuvo el teléfono para que solo pudiera ver la cara de Benson.

Sólo cuando Gideon contestó, pudo ver que estaba en un café.

—Saluda a Papá —dijo Toby. Benson balbuceó e intentó coger el teléfono, y la cara sonriente de Gideon dio paso a la de Lauren.

—Hola, Toby —dijo con un atisbo de sonrisa severa.

—Lauren —dijo Gideon fuera de la pantalla.

—Gideon tiene una marca muy interesante en el cuello.

Toby parpadeó.

—Oh.

—¿Por casualidad no sabes nada de eso?

Dios mío.

Su mirada. Su tono. ¿Era esta la charla del mejor amigo?

—La verdad es que sí —dijo Toby—. Anoche los mosquitos estaban muy violentos. Fue una picadura muy fea y no paraba de rascarse. Le dije que no lo hiciera.

Ella sonrió con satisfacción.

—Curioso, eso no es lo que dijo.

—¿Ah?

—Bueno, en realidad no tuvo que decir nada. Me di cuenta por la expresión de su cara. Y entonces vi la marca bajo su cuello. Quiero decir, Dios, ¿realmente le sacaste sangre?

Toby se rio.

—No que yo recuerde.

Gideon cogió el teléfono y puso los ojos en blanco.

—Lo siento. Pensé que querría ver los dos primeros dientes de Benson, no empezar un interrogatorio.

Toby se rio.

—No pasa nada. Acabo de tener una conversación parecida con mi hermano, que fue muy divertida.

—Oh.

—Vamos a ver estos dientes —dijo Toby cambiando de tema. Sujetó el teléfono para que Benson tuviera la cara cerca y le hizo cosquillas en la barriga para que sonriera.

—¡Ooh, los vi! —dijo Lauren.

La sonrisa de Gideon hizo que a Toby se le apretara la barriga y se le acelerara el corazón. Antes de que pudiera decir una tontería, agitó la manita regordeta de Benson.

—Despídete de papá. Nos vemos esta noche.

La sonrisa de Gideon se convirtió en otra cosa. Serena, suave. Y un poco triste, tal vez.

—Nos vemos esta noche.

—Filete y ensalada para cenar —añadió Toby antes de

terminar la llamada—. No puedo matarnos con un filete poco hecho.

Gideon sonrió.

—Suena bien.

Toby terminó la llamada con la cara de felicidad de Gideon grabada a fuego en su cerebro.

No le importaban las consecuencias. Sólo quería ver sonreír a Gideon.

# Capítulo Doce

TOBY ESTABA EN EL SUELO CON BENSON CUANDO Gideon llegó a casa. No por otra razón que no fuera divertida, y a veces era bueno ponerse al nivel de Benson. La cena tardaría cinco minutos en cocinarse y la colada ya estaba hecha, así que tumbarse en la manta mientras se emitían de fondo algunos programas infantiles de televisión no era una mala forma de pasar la tarde.

Por no mencionar que no había dormido mucho la noche anterior.

Él también esperaba la misma falta de sueño esta noche. No iba a decir que no a más orgasmos. Solo esperaba que Gideon no hubiera cambiado de opinión mientras estaba en el trabajo o que Lauren hubiera conseguido hacerle entrar en razón.

Las llaves de Gideon sonaron en la puerta y se detuvo al entrar y encontrarlos a ambos en el suelo.

—Oh, ¿va todo bien?

—Estamos teniendo un gran día —dijo Toby mirándolo—. Si quieres ocupar mi lugar, empezaré con la cena.

Gideon sonrió.

—Déjame cambiarme primero.

Salió con pantalones cortos de chándal y una camiseta vieja, con un aspecto mucho más cómodo. Y feliz, mientras se tumbaba en el suelo junto a Benson.

—Oh, veo que mi obra es ahora de un precioso tono púrpura y rojo —dijo Toby inspeccionando el chupetón.

—Oh, Dios mío, no ayudó que Lauren lo presionara.

—¿Alguien más te dijo algo al respecto?

Negó con la cabeza, y levantando a Benson, le dio un gran beso, seguido de pedorretas.

—No.

—La próxima vez me aseguraré de dejarlos donde nadie pueda verlos —dijo Toby.

Los ojos de Gideon se clavaron en los suyos y sonrió satisfecho.

—¿Dijiste que tuviste una conversación similar con tu hermano?

Toby suspiró.

—Ah, sí. La única voz de la razón.

—Así de bien, ¿eh?

—Dijo que debería estar más preocupado por perder mi trabajo.

Gideon se incorporó.

—¿Qué?

—Que si las cosas fueran mal, me despedirías.

—Yo no haría eso.

—Aunque podrías.

—¿Te preocupa eso? Porque yo no te haría eso. Acordamos que Benson es nuestra prioridad número uno, y si las cosas se tuercen en eso, entonces damos un paso atrás.

—No me preocupa —dijo Toby encogiéndose de hombros—. Benson siempre será mi prioridad número uno. No tú, lo siento. Y ni siquiera yo mismo.

Gideon sonrió.

—No te disculpes.

—Y complicado es sólo un estado de ánimo —añadió Toby, sin creérselo del todo, pero en fin—. Además, mi hermano ha utilizado hoy la expresión vara de medir en una frase, así que todo lo que ha dicho es nulo.

Gideon se quedó claramente confundido durante un segundo.

—¿Es una mala expresión? —Volvió a tumbar a Benson en la manta y le dio su oruga para que jugara con ella.

—No es una buena expresión. Y no tiene ochenta años. ¿Por qué usar vara de medir cuando punto de referencia o medida estaba justo ahí?

—Cierto. —Los ojos de Gideon estaban llenos de humor y chispa—. El interrogatorio que me hizo Lauren no incluyó palabras como vara de medir o punto de referencia. Aunque sí usó idiota muchas veces, refiriéndose a mí, no a ti. Y dijo que necesitaba incluir más hierro en mi dieta por el tamaño del chupetón que me hiciste.

Toby inspeccionó el chupetón.

—No lo siento ni remotamente.

Gideon resopló.

—Le dije que pensaba que estabas orgulloso de ello.

Toby se acicaló un poco.

—Así es. Y hablando de hierro, menos mal que vamos a cenar filete.

Se levantó y se dirigió a la cocina, feliz y contento de que Gideon y él pudieran hablar de cosas...

—¡Toby!

La voz de pánico de Gideon hizo que Toby corriera hacia el salón.

—¿Qué? —Gideon seguía sentado en el suelo, con los ojos muy abiertos.

—¡Se ha dado la vuelta!

Benson estaba ahora de espaldas.

—¡Dios mío! —La sorpresa de Toby dio paso a la excitación.

—Te vio salir, te siguió con la mirada y se dio la vuelta.

—¡Dos dientes y girarse todo en un día!

Gideon parecía un poco consternado.

—Está creciendo demasiado rápido. Mi pequeño bebé... —Había tristeza en sus ojos—. Ojalá pudiera detener el tiempo.

*No tiene ni idea de lo que le espera,* pensó Toby. *Pero ¿qué padre lo sabe?*

Toby se acercó a Gideon y le puso la mano en el hombro.

—No estés triste. Disfruta de cada etapa, de cada hito, de cada minuto. Pronto será un niño pequeño gritón y con rabietas.

Gideon le sonrió de tal manera que Toby estuvo a punto de inclinarse y besarlo. Tuvo que detenerse físicamente, pero no antes de mirar los labios de Gideon y volver a mirarlo a los ojos.

Pero sus labios...

*La cena, Toby.*

De acuerdo.

Su acuerdo era sólo por las noches, ¿verdad?

Toby apartó la mano y tuvo que tomar aire.

—Debería hacer la cena.

---

DESPUÉS DE LA RUTINA DE BAÑO Y CAMA DE BENSON, Gideon se sentó en el sofá junto a Toby, con el pie metido bajo el culo y una taza de té en ambas manos. Se mordía el labio inferior y, aunque miraba la televisión, Toby estaba seguro de que no le prestaba atención.

—¿Intentas decir algo? —preguntó Toby.

Gideon le lanzó una mirada y se rio.

—¿Soy tan obvio?

—Estás nervioso.

Gideon lo estudió durante un largo rato.

—Sabes leerme muy bien. Algo de lo que Drew nunca se preocupó, ahora me doy cuenta.

—No se molestó con muchas cosas, por lo que parece.

—No, no lo hizo.

—¿Le echas de menos?

Gideon pareció sorprendido por la pregunta.

—No. En absoluto. Al principio, quizá. Ni siquiera puedo decir que echara de menos la ayuda, porque nunca ayudó en nada. Ni con Benson, ni conmigo. —Se encogió de hombros—. Echaba de menos lo que creía que teníamos, la idea perfecta que me había hecho de nosotros, que ahora veo que no era ni de lejos perfecta. Era lo contrario de perfecto.

—Nunca hubiera pensado que fuera posible que me disgustara alguien que nunca he conocido. Lo que te hizo fue una verdadera mierda. Y si el karma le diera un picor imposible de rascar para el resto de su vida, no me enfadaría.

Gideon rio entre dientes.

—Yo tampoco. —Luego suspiró—. Nunca pensé ni en un millón de años que sería padre soltero. Drew y yo habíamos estado juntos durante años. Creía que éramos sólidos. Entonces mi hermana me llamó y me dijo que estaba embarazada, que iba a dar al bebé en adopción. Me quedé impactado, todo fue tan inesperado. Tal vez en retrospectiva puedo ver que realmente no le di a Drew una opción. Pero este bebé era de mi sangre. Adoptarlo era lo correcto, y lo iba a hacer con o sin Drew. —Gideon se encogió de hombros—. Gracias a Dios sólo lo adopté yo. Gracias a Dios que Drew dijo que no a ser su padre adoptivo. Quiero decir, era más fácil conmigo solo porque era un pariente de sangre, y mi hermana estaba contenta con eso. Drew no quería tener nada que ver. Ni con la adopción, ni Benson.

—Lo que resultó ser algo bueno —añadió Toby—. Sé que debió de ser horrible y difícil al principio. Pero si no estaba cien por ciento de acuerdo con Benson, entonces Benson y tú estáis mejor sin él.

Gideon asintió.

—Cierto. ¿Te imaginas si estuviera en los papeles de adopción como padre? —Gideon se estremeció.

Sí, gracias a Dios.

Toby se alegró de no tener que tratar con Drew. La idea de que alguien lastimara a Gideon y resintiera a Benson... Enfurecía a Toby. Necesitaba cambiar de tema.

*¿De qué estábamos hablando? Ah, sí...*

—¿De qué querías hablar antes? ¿Cuándo te mordías el labio inferior?

—Oh. —Se mordió su labio inferior de nuevo—. Dios, esto es embarazoso, así que voy a decirlo. Yo también soy versátil. Esta mañana lo soltaste como si estuvieras hablando del tiempo.

—Y el café te salió por la nariz.

—Me despejó las fosas nasales, eso seguro.

Toby se rio.

—Y fue totalmente sexy. Muy favorecedor.

—Oh, genial.

—Así que tú también eres versátil, ¿eh?

Gideon soltó un suspiro nervioso y dejó el té, probablemente antes de que le saliera por la nariz como le había salido el café.

—Sí. Siempre me han gustado los dos aspectos del sexo. Es decir, me gustan todos los aspectos del sexo. Pero me gusta poder dar lo que mi pareja quiera. Depende del estado de ánimo o de lo que sea. —Se pasó la mano por el pelo y siguió hablando un poco demasiado rápido—. En realidad, nunca he tenido ningún tipo de relación sexual continuada con otro chico versátil. Sólo he estado con tíos que preferían uno u otro, o nada de sexo anal, o lo que fuera. Cada uno es diferente, lo cual puedo apreciar. Eso está muy bien.

Toby se acercó y apretó la mano de Gideon.

—¿Quieres tomar un respiro por mí?

Gideon soltó una carcajada.

—No sé por qué estoy tan nervioso. —Inspiró profundamente y soltó el aire lentamente—. Supongo que lo que trato de decir es que no sé, con dos chicos versátiles, cómo lo hacemos.

—¿Cómo lanzar una moneda o escribir una lista? —Gideon lo miró fijamente, lo que hizo reír a Toby—. ¡Estoy de broma! Gideon, nos lo tomamos con calma. No te estreses. Si necesitas que te den una buena follada para aliviar el estrés, eso es lo que hacemos. O si necesito que me claven contra el colchón, lo hacemos.

Los ojos de Gideon se abrieron cómicamente y Toby se alegró de que no tuviera un té caliente en la mano.

—¿No hablabas de lo querías con tu ex? —preguntó Toby.

—No. Simplemente asumimos nuestros papeles, él como activo y yo como pasivo, y eso es lo que hicimos. —Sus mejillas estaban de un rojo intenso.

—Bueno, vamos a ser adultos y hablar de estas cosas —dijo Toby—. Como esta noche, creo que es demasiado pronto para cualquier penetración, pero sí estoy de acuerdo con una mamada y abrazos después.

Gideon se cubrió la cara con las manos y se dejó caer contra el respaldo del sofá.

—Dios mío. —Cuando bajó las manos sonreía—. ¿Cómo puedes decir estas cosas?

Toby se rio y dejó la taza de té. Se acercó sigilosamente y se sentó a horcajadas sobre el regazo de Gideon. Gideon estaba claramente sorprendido, pero sus manos encontraron las caderas de Toby. Toby levantó la barbilla de Gideon, obligándole a echar la cabeza hacia atrás, y casi le dio un beso.

—Siempre diré lo que haya que decir. Soy mandón, ¿recuerdas?

Los ojos de Gideon se dirigieron a los labios de Toby y volvieron lentamente a sus ojos.

—Mandón funciona para mí.

Toby empezó a mecerse un poco, sus cuerpos se tocaban en todos los lugares adecuados.

—Quiero llevarte a la cama —dijo—. Y quiero probarte. Si te parece bien.

A Gideon se le encendieron las fosas nasales y subió las caderas para quedar a la altura de Toby.

—Me parece muy bien. ¿Puedo probarte yo también?

Toby tocó ligeramente con el dedo índice el labio inferior de Gideon.

—Insistiré en que lo hagas.

La sonrisa de satisfacción que le dedicó Gideon fue sublime. Sujetándole la barbilla, Toby lo besó, abriendo sus labios con los suyos y hundiendo la lengua en su boca.

Gideon gimió y el agarre de las caderas de Toby se tensó.

Besaba tan bien. Toby podría besarlo eternamente, y, a horcajadas sobre él y presionándose así, se preguntó si podría correrse sin tocarse la polla.

Probablemente podría.

Pero él quería algo más esta noche.

Al romper el beso, Toby se despegó de Gideon y se levantó. Le tendió la mano, que Gideon cogió, y lo condujo a la habitación de este. Estaba oscuro, la única luz que iluminaba la habitación era una rendija de la puerta abierta.

Toby se quitó la camiseta y se quedó de pie, dejando que los ojos de Gideon lo recorrieran. Que un hombre lo mirara con pura lujuria era una droga poderosa. La piel se le erizó, se puso caliente, se desabrochó los pantalones y se los dejó caer, se quedó de pie solo con sus calzoncillos.

Gideon se quedó mirando la erección de Toby y éste sonrió mientras se daba una sensual caricia.

—Vas demasiado arreglado —murmuró Toby.

Gideon se quitó la camiseta por la cabeza y la tiró al suelo, se bajó los calzoncillos y dejó que su polla saltara libre.

Maldita sea.

Toby fue hacia él, cogiendo las bolas de Gideon con la mano y acercando su boca a la de él. Tiró de su labio inferior, se burló de él y lo chupó, y Gideon se estremeció. Toby rompió el beso y bombeó rápidamente la polla de Gideon.

—Siéntate en el borde de la cama.

Gideon se sentó y Toby se puso de rodillas. No tardó en llevarse la polla de Gideon a la boca, saboreándola, chupándola y deslizándose por el tronco. Gideon gritó, con la mano apretando el pelo de Toby.

Toby sonrió alrededor de su polla, adorando cómo Gideon perdía el control.

Su erección era gruesa y caliente, y Toby sólo podía imaginar cómo se sentiría dentro de él. La sola idea le hacía gemir.

Gideon flexionó las caderas y Toby lo introdujo más profundamente, deslizando la mano arriba y abajo por la base, bombeándolo.

—Oh, Dios, Toby —gimió Gideon. Su polla estaba ahora increíblemente dura, hinchada, y Toby sabía que estaba a punto.

Así que chupó más rápido, la bombeó y se la tragó hasta la garganta.

Gideon sujetó con fuerza el pelo de Toby y tembló de contención mientras su polla palpitaba y se derramaba en la garganta de Toby.

Joder, sí.

Antes de que Gideon pudiera volver a la realidad, Toby se

levantó, se sacó la polla de los calzoncillos y golpeó con ella el labio inferior de Gideon.

Abrió la boca, con los ojos soñadores, y Toby deslizó la polla en su interior. Gideon la acarició con su lengua y se llevó a Toby hasta el fondo, llevándoselo directamente a la garganta, y chupó profundamente.

—Joder —gritó Toby sin estar preparado para la embestida total de placer, pero Gideon le sujetó el culo, manteniéndolo allí.

Enterrado.

Toby sintió que se retorcía, que se hinchaba, y Gideon tragó saliva de nuevo, respirando por la nariz, y gimiendo. El sonido vibró en la polla de Toby, y cuando Gideon le tocó las bolas, deslizando un dedo detrás de ellas, Toby se corrió sin previo aviso.

—Joder, oh, Dios, sí —siseó mientras disparaba su semen en la garganta de Gideon.

Lo golpeó tan fuerte y rápido que la cabeza le dio vueltas y sus huesos se le volvieron gelatina. Gideon se apartó y ayudó a Toby a tumbarse; su cuerpo seguía retorciéndose mientras Gideon lo rodeaba con los brazos.

—¿Estás bien?

—Nnn —consiguió decir Toby. Su cerebro tardó un segundo en volver a funcionar—. No puedo hablar.

Gideon se rio, frotando la espalda de Toby.

—¿Dónde aprendiste a hacer eso?

—Escuela de chupar pollas.

—Hmm. Por favor, dime que eras la mascota del profesor y que te dio clases particulares por ser tan buen chico.

Gideon se rio muy fuerte.

—Ah, no. Pero creo que he visto esa película porno.

Toby rio entre dientes.

—Yo igual.

Entonces se quedaron en silencio, simplemente abrazados,

trazándose dibujos sobre la piel hasta que ambos se durmieron.

---

Toby esperaba que el coche de Josh apareciera el viernes a las seis de la tarde, pero no fue así.

Era su madre.

Carla bajó por el camino, sonriendo alegremente, llevando una bandeja de algo.

—Oh, Dios —susurró Toby—. Pido disculpas ahora por cualquier cosa que diga que pueda avergonzarte. O a mí.

Gideon se rio y abrió la puerta.

—Carla, pasa por favor.

—Oh, gracias, querido —dijo ella—. Te ves mucho mejor que la última vez que te vi.

—Bueno, ya no soy verde, así que ahí queda eso.

—Mamá —dijo Toby con tono interrogativo y de advertencia—. ¿Qué estás haciendo aquí?

—Josh tiene que trabajar hasta tarde y traje esto. —Levantó la bandeja cubierta de papel de aluminio—. Pensé que Gideon podría estar aquí solo todo el fin de semana, así que le hice un poco de la receta especial de lasaña de la nonna.

—¿Con su passata casera?

—Por supuesto —respondió. Luego empujó la bandeja en la dirección de Toby—. Toma. ¿Dónde está esa preciosa gominola? —Miró por la habitación, encontró a Benson abajo de su gimnasio de juegos y se acercó a él.

Toby no sabía qué decir o hacer. Se limitó a encogerse de hombros, sosteniendo la lasaña.

—Esto lleva la passata casera de mi nonna.

Gideon sonreía.

—Estoy seguro de que será increíble.

—No creo que lo entiendas —le siseó Toby—. Esto significa que básicamente has sido adoptado, traído a la prole, lo suficientemente digno como para consumir el sagrado santo grial de la familia. Mi nonna hace la salsa, mi nonno la embotella. Es un todo.

—Oh —respondió todavía divertido—. Es un honor.

—¿Cuándo le salieron dos dientes a esta salchichita? —preguntó Carla. Ahora tenía a Benson sobre sus rodillas, haciéndole rebotar suavemente.

—Ayer mismo, mamá.

Sólo entonces pareció darse cuenta de que Toby aún sostenía la bandeja de lasaña.

—Date prisa y pon eso en la cocina, Toby. Tengo que ir a casa a cenar. Tu tía abuela Mary está esperando y tengo comida en el horno.

Toby puso los ojos en blanco, deseando aún más poder quedarse con Gideon y Benson.

Gideon intentaba no sonreír.

Le dio la bandeja para que la sujetara.

—¿Hay otra lasaña para nosotros en casa?

—No. —Carla puso a Benson en su sillita y se levantó—. Vamos a comer pollo.

Toby hizo una mueca.

—Pollo no. Cualquier cosa menos pollo.

Carla lo sacó por la puerta tan rápido que apenas tuvo tiempo de recoger su bolsa. Alcanzó a decir "¿puedo quedarme contigo?" mientras su madre le recordaba que nunca había intoxicado a nadie.

La hermosa cara sonriente de Gideon fue lo último que Toby vio antes de que se cerrara la puerta.

# Capítulo Trece

GIDEON DEBIÓ DE SONREÍR DURANTE UNA HORA después de que Toby y su madre se marcharan. Echaba de menos tener unos padres que se preocuparan por él y se aseguraran de que comía.

¿Y la lasaña?

Para morirse.

No pudo resistirse a enviar a Toby una foto de su plato vacío con un rápido mensaje de texto.

> Deliciosa. La mejor lasaña que he comido en mi vida. Por favor, dale mi enhorabuena a la chef.

La respuesta de Toby llegó unos instantes después.

> Ahora mismo te odio. Yo he comido pollo marsala. Está muy bueno, pero mi estómago ya no es fan del pollo. Por favor, déjame un poco de lasaña. Te lo agradeceré.

Gideon sonrió a su teléfono. Había suficiente lasaña para

alimentar a una familia de seis miembros. Era imposible que se la comiera toda en dos días, pero no pudo resistirse a seguir un poco con el juego.

> Me lo pensaré.

Toby no contestó durante un rato, así que Gideon se instaló en su velada. Benson había comido y estaba profundamente dormido en la cama, y Gideon se tomó una taza de té de frambuesa mientras veía un programa de viajes sobre senderismo en Perú.

No era lo mismo sin Toby.

Habría hecho comentarios sobre la comida, el extraordinario paisaje y la cultura. También se habría reído de las elecciones de moda de los dos excursionistas, y Gideon no pudo evitar preguntarse cómo estaría pasando la noche Toby.

¿Echaba de menos a Gideon?

Como si pudiera leer la mente de Gideon, el teléfono sonó. Era una foto de una mesa con cartas, en la que se veían las manos de seis personas y unas copas pequeñas con lo que parecía jerez u oporto.

> Estoy jugando a Euchre con un montón de ancianos italianos como si fuera el padrino. Envíame ayuda.

GIDEON SONRIÓ.

> ¿Estás ganando?

> ¿Estás bromeando? Nadie le gana a mi abuelo. Lleva jugando a las cartas desde los ocho años. Lo sé porque siempre que jugamos a las cartas me lo recuerda.

Gideon se rio, pero eso hizo que algo le doliera por dentro. Anhelaba lo que Toby tenía. Anhelaba esa conexión familiar, jugar a las cartas con sus padres y abuelos.

Ojalá estuviera ahí.

¿Sabes jugar al Euchre?

No.

Bueno, entonces al menos hay alguien pero que yo.

Gideon resopló, pero no estaba seguro de qué decir. Quería charlar toda la noche. Quería llamarlo, oír su voz. Lo cual era ridículo. Toby necesitaba pasar este tiempo con su familia. Necesitaba ausentarse del trabajo.

Darse cuenta de que él y Benson estaban haciendo trabajar a Toby hizo que Gideon se sintiera incómodo.

Y triste.

Disfruta tu noche.

¿Qué estás haciendo tú?

Viendo Viajeros Idiotas por Perú. Estarías horrorizado por las opciones de zapatillas de senderismo que han elegido.

Él respondió con dos caras risueñas.
Gideon sonrió a su teléfono durante un largo rato.

Buenas noches, Toby.

Buenas noches xx.

Cuando Gideon se metió en la cama, se quedó mirando el techo durante demasiado tiempo. Deseó que Toby estuviera en la cama con él, acurrucado a su lado, abrazándolo. Deseó poder besarlo y tocarle la cara, y deseó que pudieran dormirse abrazados.

En cambio, la soledad se instaló a su lado y la realidad plagó sus sueños. Por fin tenía con Toby lo que creía que quería. Se había dicho a sí mismo que era suficiente.

Pero ahora no lo era.

Quería más.

---

EL DOMINGO NO LLEGABA LO BASTANTE RÁPIDO PARA Gideon. Había pasado la mañana con Lauren y Jill, ayudándolas a planear sus vacaciones. O, más bien, se sentía locamente celoso mientras ellas organizaban hoteles y buceo en Fiji mientras Benson rebotaba en sus rodillas, fingiendo que no suspiraba desesperadamente por Toby.

Porque echar de menos a alguien así después de sólo dos días era un poco patético.

—¿Y cómo va el nuevo acuerdo con Toby? —preguntó Lauren.

Jill sonrió, dándole un codazo.

—Lauren me lo dijo.

—Supuse que lo haría.

—El chupetón te habría delatado —respondió ella. Inspeccionó su cuello—. Que ahora es de un color amarillento descolorido. Muy bonito.

Gideon suspiró.

—El acuerdo va bien. Genial, de hecho. Es genial.

Lauren lo miró fijamente.

—Gideon.

Ella siempre había sido capaz de ver a través de él.

—Han pasado dos días —soltó—. Dos días. Eso es todo. Y lo echo de menos. Lo cual es estúpido y no forma parte de nuestro acuerdo. No sé lo que estoy haciendo. Soy mayor que él, debería tener más autocontrol. Pero él está tranquilo, calmado y sereno, y yo soy un maldito desastre.

—¿Cómo sabes que no está en casa de sus padres siendo un puto desastre? —preguntó Jill.

—Porque está fuera haciendo cosas. Esta mañana ha ido al mercado con su madre y esta tarde a la playa con su hermano.

Lauren frunció el ceño.

—¿Cómo lo sabes? No le estás acosando en sus redes sociales, ¿verdad?

—¿Qué? ¡No! —gritó Gideon—. Nos mandamos mensajes.

Las dos volvieron a mirarlo.

—Es un acuerdo muy de novios —dijo Jill. Antes de que Gideon pudiera objetar, ella levantó las manos—. No digo que sea algo malo. De hecho, creo que es genial.

¿Algo de novios?

Ah, cielos. La cabeza de Gideon daba vueltas.

—¿Pero? —preguntó.

—Pero ha ocurrido tan pronto —dijo Jill de repente.

Lauren negó con la cabeza.

—No, no es así. Recuerda, estaba saliendo con Thea cuando te conocí.

—Pero eso fue diferente.

—No, no lo era. Lo supimos desde el segundo en que nos conocimos —dijo Lauren encogiéndose de hombros—. Y estoy pensando que aquí Gideon supo desde el segundo en que conoció a Toby que iba a ser alguien importante en su vida. —Respiró hondo y suspiró con una sonrisa—. Al principio pensé que estabas todo pillado y que era algo de rebote. Pero ahora estoy pensando que podría ser de verdad.

—¿De verdad?

—Te gusta de verdad, ¿no? —insistió—. Le echas de menos, piensas en él todo el tiempo. Te pones nervioso al pensar en él, y todos podemos ver la cara de tonto que pones.

—No es de tonto.

Ella imitó a una persona que había fumado demasiada hierba.

—Tienes esa mirada soñadora en tus ojos y una sonrisa tonta.

Gideon sonrió y luego se echó a reír.

—Vale, de acuerdo. Me gusta de verdad. Esa es la parte estúpida. Porque es imposible que él sienta lo mismo. Y todavía tenemos todo el tema del jefe-empleado.

—Estás teniendo sexo con él —dijo Jill—. ¿Ese caballo ya se ha desbocado y ahora quieres intentar cerrar la puerta?

—Bueno, no... No quiero cerrar esa puerta. Quiero dejarla abierta de par en par.

Lauren palmeó la rodilla de Gideon.

—Me alegro por ti, Gideon. Me alegro de que seas feliz y de que hayas encontrado a alguien que te trata bien. Te cuida, se preocupa por Benson. —Le movió el piececito—. Y es versátil. Es perfecto para ti.

Jill jadeó.

—¿Lo es? Nunca me lo habías dicho. —Dirigió una mirada aguda a Lauren—. Eso es como encontrar una pieza de rompecabezas que encaje en todos los lados.

Gideon se rio de su vergüenza.

—Eh, gracias. Creo.

Lauren suspiró.

—Sigo pensando que vosotros necesitáis tener una pequeña charla. Diría que antes de que tu corazón se involucre, pero creo que es demasiado tarde para eso.

Gideon gimió.

—No quiero estropearlo. ¿No puedo disfrutarlo antes de que la realidad me llueva encima?

Jill hizo una mueca.

—Yo digo que lo disfrutes. Ya estás dentro con los dos pies, así que no tienes nada que perder. Tal vez atraerlo un poco al agua.

Lauren soltó una carcajada.

—¡No puedes hacer eso!

—Sí que puede.

—Si no quieres preguntarle directamente, ¿qué tal si lees sus reacciones? —le dijo Lauren—. Mira lo que hace cuando llega a casa. Mira si te ha echado de menos tanto como tú a él.

—¿Cómo?

—Bueno, si llega y se va a su habitación o se planta en el sofá, pegado al móvil, quizá no esté tan excitado como tú querrías.

Gideon podía hacerlo. No quería preguntarle directamente si le gustaba el acuerdo tanto como a Gideon. Sería incómodo y Gideon no quería arriesgarse a que Toby dijera que no y perdieran lo que tenían. O peor aún, que Toby saliera de sus vidas para siempre...

Lauren le dio una suave sacudida.

—Deja de darle tantas vueltas —le dijo—. Veo que tu mente ya está dándole vueltas a todos los escenarios posibles. Tómatelo día a día, Gideon. Y a ver qué hace cuando llegue a casa.

Asintió a medias.

—De acuerdo.

Poco antes de las seis, los nervios de Gideon estaban por los suelos. Su estómago era una bola de grasa anudada, y era ridículo que se pusiera tan nervioso. Estaba en la cocina con un infeliz Benson en la cadera, porque por supuesto Benson decidió que necesitaba comida en ese momento. Gideon estaba mezclando el cereal Farex para que tuvieran la consistencia adecuada y Benson intentaba ayudar cuando el sonido de unas llaves sacudidas en la puerta principal, seguido de un "Hola" muy familiar.

—En la cocina —dijo Gideon—. Benson, tienes que esperar un poquito.

Toby apareció, sonriendo con cariño. Entró, puso una bandeja con algo en la mesa y luego los abrazó a los dos, primero le dio un beso en la mejilla a Gideon y luego a Benson.

¿Un beso? ¿Durante el día? Cuando su "acuerdo" había sido sólo para después de las horas de trabajo. Seguramente eso tenía que significar algo, ¿verdad?

Toby mantuvo su mano en la espalda de Gideon.

—¿Me echaste de menos?

Si él lo supiera.

Iba a bromear. Iba a intentar ser gracioso, pero en ese momento decidió decir la verdad. Miró a Toby directamente a los ojos cuando respondió.

—Sí.

---

—Claro que me echaste de menos —dijo Toby sacando a Benson de los brazos de Gideon—. ¿Y ha crecido este nuggetcillo mientras yo no estaba? Seguro que está más grande.

—Podría explicar el apetito —dijo Gideon consiguiendo por fin mezclar bien el Farex—. Estamos probando el nuevo alimento con manzana.

—Ooh. —Toby acomodó a Benson en su hamaca con un babero y se sentaron uno junto al otro en el sofá mientras Gideon alimentaba a Benson cucharada tras cucharada como si fuera un pajarito hambriento.

—Creo que le gusta —dijo Toby riendo.

—Ha sido un niño hambriento todo el día.

Toby se encontró apoyado en Gideon, probablemente más de lo necesario, pero no le importó.

Había tenido un fin de semana muy sugerente. Bueno, no fue tanto sugerente como que su madre le preguntara por las marcas del cuello de Gideon. Eso fue a los diez segundos de su viaje en coche el viernes por la noche. Y luego, por supuesto, Josh le había tirado debajo del autobús cuando le preguntó, delante de todos, cómo era su nuevo jefe en la cama.

Sí.

Delante de todos.

Toda su familia siempre tuvo una relación muy honesta, e incluso siendo él gay, a nadie le importó nunca. Su nonna le preguntaba por sus novios como le preguntaba a Josh por sus novias. Así eran las cosas.

Cuando le habían preguntado si mantenía ese tipo de relación con su jefe, había respondido con un muy sincero:

—No es así.

—¿Pero quieres que lo sea? —le preguntó su madre—. Es un hombre muy agradable. Muy guapo. Tiene un hijo guapísimo. Bonita casa.

Toby sabía que no había forma de librarse de la conversación, como sabía que no podía negarlo ni mentirles. Porque sí quería ese tipo de relación con Gideon.

—Es complicado —había dicho—. Y nada de lo que preocuparse.

Lo que, por supuesto, hizo que todos se preocuparan aún más. Y Toby sabía que era solo porque a sus padres les importaba, pero había perdido la cuenta de cuántas veces su madre le preguntó qué quería con Gideon para asegurarse de que respondía de corazón.

Era su corazón lo que más le asustaba.

—Mi madre me apartó algunos platos de comida —dijo Toby frotando la espalda de Gideon mientras alimentaba a

Benson—. Insistió en que los trajera, y si conoces a mi madre, lo mejor para todos es no discutir.

—¿Estás de broma? —preguntó Gideon—. Nunca discutiría. Esa lasaña fue lo mejor que he comido nunca.

—¿Me guardaste un poco?

—Por supuesto.

Toby besó el hombro de Gideon y Benson gritó por no darle de comer lo bastante rápido.

—Vale, vale. Parece que alguien encontró su temperamento.

Toby se rio y, todavía frotando la espalda de Gideon, sonrió a Benson.

—Os he echado de menos.

Gideon se quedó inmóvil un segundo y luego lo miró, con los ojos llenos de fuego y sinceridad. Se inclinó y capturó los labios de Toby en un beso suave. Cálido, sereno. Perfecto.

Hasta que Benson volvió a gritarle.

Gideon dio un respingo y luego soltó una risita, avergonzado.

—Vale, vale, cielos, señor impaciente, quien no puede estar hambriento después de todo lo que ha comido hoy.

Cuando el cuenco quedó limpio, Gideon le dio a Benson la cuchara de goma blanda. La apretó en su pequeño puño, soltaba sus balbuceos y galimatías sin parar más felices ahora.

Toby los *había* echado de menos.

A los dos.

Claro, cuando había trabajado con otras familias, siempre le había gustado volver a verlas después de un tiempo fuera. Pero nunca los había echado de menos, y menos después de dos días.

Estar de vuelta con ellos ahora se sentía tan bien.

Estuvieron una hora muy ocupados con la cena y dándole el baño y el biberón a Benson. Toby se quedó junto a la puerta del vestíbulo y escuchó cómo Gideon le cantaba la canción de la hora de dormir y le leía un cuento, en voz baja y relajante. A Benson le dormía, pero a Toby le ocurría lo contrario.

Se le hinchaba el corazón y le dolían emociones que no estaba preparado para nombrar.

Cuando Gideon salió y cerró la puerta en silencio, se sorprendió claramente al ver a Toby en el pasillo, apoyado contra la pared.

—Oye.

Sonriendo, Toby lo cogió la mano.

—Esa canción que le cantas es de lo más dulce. —Tiró de él y sus cuerpos se unieron. Sujetó la cara de Gideon, pasando el pulgar por su mandíbula desaliñada—. He echado de menos tu bigote.

Gideon soltó una carcajada.

—¿Has echado de menos qué?

El pulgar de Toby aplanó el borde del bigote de Gideon.

—Besarte y sentir tu bigote —murmuró Toby—. Me gusta mucho.

Gideon pasó la mano por el costado de Toby y por su culo.

—¿Quieres una taza de té esta noche?

—Absolutamente no.

Gideon acompañó a Toby hasta su habitación.

—Gracias a Dios —murmuró antes de capturar la boca de Toby con la suya. Se quedaron de pie junto a la cama, besándose, saboreándose y reencontrándose con manos errantes y lenguas perezosas.

Toby no tenía prisa por llegar a la meta esta noche. Quería saborearlo, disfrutarlo. Y Gideon tampoco tenía prisa. La forma en que sujetaba la cara de Toby, suave y dulce, cómo sus dedos bailaban sobre su piel bajando por su cuello, y cómo suspiraba y gemía como si todo aquello le pareciera tan... exquisito.

No, no había ninguna prisa.

Y horas más tarde, cuando por fin se durmieron, estaban

tan pegados el uno al otro que Toby no sabía dónde acababa él y empezaba Gideon.

No estaba seguro de querer saberlo.

————

El lunes por la noche fue igual. Gideon llegó a casa del trabajo, saludó a ambos con la mayor de sus sonrisas y les dio un beso.

Y el martes, y el miércoles, y el jueves.

Pequeñas caricias, besos suaves y breves, cálidas sonrisas íntimas durante el día. Y largas sesiones de besos y orgasmos sin prisas por la noche.

Empezaba a parecerse mucho a hacer el amor.

Toby quería tener sexo con él. Habían hecho casi todo menos tener sexo con penetración. Habían estado cerca. Se habían burlado y provocado, rozando su polla contra el agujero de Gideon, y Gideon haciendo lo mismo. Iba a suceder, y una vez que Toby decidió que lo deseaba, se aseguró de que Gideon lo supiera.

Había desaparecido en su cuarto de baño mientras Gideon bañaba a Benson, y para cuando lo había acostado, ya estaba listo.

Gideon estaba sentado en el sofá cuando Toby salió.

—Acabo de poner la tetera —dijo. Luego estudió la cara de Toby mientras caminaba hacia él—. ¿Te encuentras bien? Has estado fuera un rato.

Toby deslizó una rodilla sobre el sofá y se sentó a horcajadas sobre las caderas de Gideon, bajando lentamente.

—Me siento muy bien —murmuró Toby—. Sólo me estaba cuidando. Preparándome. —Toby inclinó la barbilla de Gideon hacia arriba, forzando su cabeza hacia atrás con un beso contundente—. Te quiero dentro de mí esta noche.

Gideon soltó un suspiro tembloroso, con los labios

húmedos y las pupilas dilatadas, las manos agarrando las caderas de Toby.

—Toby —exhaló susurrando su nombre como una plegaria.

Y por un breve y horrible momento, Toby pensó que Gideon diría que no. Pero entonces Gideon levantó la mano, agarró la mandíbula de Toby, deslizó el pulgar en su boca y levantó las caderas mientras Toby bajaba la cara para darle otro beso. Era desordenado y desesperado, y jodidamente caliente.

Toby gimió, abriendo más las rodillas, tratando de apretar a Gideon. Gideon rompió el beso para decir una sola palabra.

—Cama.

Toby no necesitó que se lo dijeran dos veces. Se levantó de un salto y tiró de Gideon para ponerlo en pie, casi arrastrándolo hasta la habitación. Gideon se detuvo al ver el condón y el lubricante sobre la cama. Sus ojos se dispararon hacia los de Toby.

—¿Presuntuoso?

Toby se quitó la camiseta.

—No. Confiado. —Luego sus calzoncillos—. Y estoy cachondo y desesperado, así que desvístete.

Los ojos de Gideon se abrieron de par en par y se rio.

—Oh. Olvidé lo mandón que puedes ser.

Seguía sin desvestirse lo bastante rápido, así que Toby decidió ayudarlo. Primero la camiseta, luego los pantalones cortos. Su hermosa polla estaba gruesa y pesada, y el deseo floreció en el vientre de Toby. Dio a Gideon un largo y lento tirón.

—Te deseo tanto —murmuró besando la parte superior del hombro de Gideon mientras lo acariciaba.

Gideon acercó la cara de Toby para darle un beso salvaje, haciéndole cosquillas con el bigote. Dios, a Toby le encantaba.

Pero estaba desesperado. Y se había cansado de esperar.

Rompió el beso y se arrodilló en medio de la cama. Hizo

además de acariciarse para Gideon. Luego, muy despacio, se agachó hasta ponerse a cuatro patas, con la espalda arqueada y el culo al aire. Se agachó y tiró de sus pelotas, dándose otro largo y lento tirón.

—Cristo —suspiró Gideon.

Sin previo aviso, las manos de Gideon se posaron en las nalgas de Toby, abriéndoselas de par en par, y una lengua húmeda y caliente lamió el agujero de Toby.

Toby se agarró a la ropa de cama.

—Oh, joder.

Gideon trabajó con la lengua dentro de él, deslizándose dentro y fuera, haciendo gemir a Toby. Toby hundió la cara en las sábanas, apretando la tela mientras arqueaba más la espalda.

Gideon le folló el agujero con la lengua durante un tiempo insoportable, luego sustituyó la lengua por un dedo, añadió lubricante y luego otro dedo. Estirándolo, preparándolo de la mejor de las maneras.

Pero no fue suficiente.

Estaba deseoso, desesperado por más, y no se privaba de suplicar.

—Por favor, Gideon. Por favor, date prisa.

Cuando oyó el rasgón del papel de aluminio, Toby sonrió y suspiró, relajando todo el cuerpo. Estaba a punto de conseguir lo que quería, lo que necesitaba.

—Claro que sí. Dámelo.

Gideon apretó la polla contra el agujero de Toby y éste contuvo la respiración. Empujó adentro, despacio y con fuerza, penetrándolo a la perfección. Toby puso los ojos en blanco y se le cortó la respiración cuando Gideon se deslizó dentro de él.

—Oh, joder, Toby —gimió Gideon—. Te sientes tan bien.

A Toby le costó recuperar el aliento. Gideon era demasiado grande, demasiado, y...

—Respira —murmuró Gideon. Se inclinó sobre la espalda de Toby y le besó la columna—. Respira.

Toby exhaló lentamente e inhaló, relajando los hombros al hacerlo. Gideon le besó el omóplato, la columna vertebral, lamiendo y mordisqueando la piel mientras sus dedos se clavaban en sus caderas, su polla empujando hasta la empuñadura.

Luego se inclinó hacia atrás y cambió el ángulo.

—Oh, joder —gritó Toby.

Gideon salió y volvió a entrar, una y otra vez, más despacio al principio, dejando que Toby se adaptara. Luego, más rápido y profundo, y Toby sólo podía gemir y murmurar cosas sin sentido.

Estaba perdido.

Gideon era dueño de todo su cuerpo.

—Dios, qué bien te sientes —gruñó Gideon mientras se lo follaba—. Lo tomas tan bien.

Luego, agarrando el hombro de Toby, tiró de él hasta ponerlo de rodillas y deslizó el brazo alrededor del pecho de Toby, sujetándolo contra él, follándoselo así.

La cabeza de Toby cayó sobre el hombro de Gideon. Se sentía abierto en canal y muy lleno; Gideon estaba hasta las bolas dentro de él.

Y cuando la mano de Gideon rodeó la polla de Toby, éste gritó, casi sollozando. Estaba tan cerca, pero tan imposiblemente lejos. Gideon lo tenía en el borde.

—Necesito que te corras —dijo Gideon con voz áspera al oído de Toby.

Como si el cuerpo de Toby obedeciera la orden de Gideon, sus bolas se erizaron, el orgasmo se enroscó con fuerza y, con unas cuantas caricias más, cayó del borde del abismo. Gideon sostuvo sus caderas, empujando hacia arriba mientras Toby se corría, enviando su orgasmo a los cielos.

Toby se arqueó, se tensó, y gritó mientras eyaculaba sobre

la toalla. Se desplomó sobre Gideon, completamente deshecho.

Gideon no había terminado. Empujó el hombro de Toby hacia el colchón, le levantó el culo y lo penetró hasta el fondo. Implacable y profundo, se lo folló, y Toby lo aguantó todo. Le encantaba. Quería esto para siempre. Que lo poseyeran por completo, así.

Era de Gideon.

Y entonces Gideon se abalanzó sobre él una vez más, clavando los dedos en las caderas de Toby, y se estremeció. Su polla vibró y se sacudió, llenando el condón con un fuerte gemido.

Toby sonrió hacia el colchón.

—Joder, sí.

Gideon se desplomó sobre él, sin moverse más que para respirar entrecortadamente y besar suavemente la nuca de Toby.

—¿Estás bien? —murmuró con voz ronca.

Toby se rio entre dientes.

—Nunca he estado mejor.

Toby pudo sentir la sonrisa de Gideon contra su hombro, seguida de un suave beso. Se retiró lentamente y se fue, aunque Toby seguía sin poder moverse. Gideon volvió con una toallita húmeda y se ocupó de él.

Abrazó a Toby entre sus brazos, y Toby durmió profundamente.

# Capítulo Catorce

GIDEON SE HABÍA LEVANTADO ANTES QUE TOBY, lo cual era raro. Pero teniendo en cuenta lo que le había hecho anoche, Gideon no se sorprendió. Había levantado a Benson y le había dado el biberón antes de que Toby saliera a trompicones de la cama.

—Buenos días —dijo Gideon—. ¿Cómo has dormido?

—Como si me hubieran clavado salvajemente contra el colchón. ¿Y tú?

—Oh, bueno... Eh, sí, he dormido muy bien, gracias —balbuceó Gideon.

—Oh, ahora estás en plan tímido. Anoche no eras tímido. —Toby le sonrió con satisfacción—. Siento no haber oído a Benson. ¿Lleva mucho levantado?

Gideon negó con la cabeza.

—No, está bien. Se ha tomado un biberón. Sin duda querrá un plato de Farex pronto.

Toby asintió, luego hizo una mueca y se frotó el culo.

—No creo que me siente mucho hoy.

Gideon sonrió... hasta que se dio cuenta de lo que Toby quería decir.

Rápidamente se horrorizó.

—Dios mío, ¿estás bien?

Toby se rio entre dientes.

—Estoy muy bien. Sigo en las nubes. ¿Quieres un café?

Gideon le siguió hasta la cocina.

—¿Puedo traerte algo? ¿Seguro que estás bien?

Toby encendió la tetera y sacó dos tazas del armario. Se volvió hacia Gideon.

—Créeme cuando te digo que estoy bien. Increíble. Demasiado bien. Me siento muy bien y, sinceramente, estoy deseando que vuelvas a hacerlo.

Gideon no estaba seguro de eso, pero decidió tomarle la palabra a Toby.

—Déjame hacer unas tostadas.

Estaban uno al lado del otro en la cocina, Toby haciendo café y Gideon con la tostadora. Toby chocó su cadera con la de Gideon.

—¿Y cómo te sientes esta mañana?

—Ah. —Las mejillas de Gideon se calentaron y no pudo dejar de sonreír—. Me siento... genial.

—Y bien que deberías —aceptó Toby—. Estuviste genial anoche. Mejor que genial.

Gideon mantuvo la mirada fija en la tostadora y se mordió el labio inferior.

—Así que... ¿cuándo crees que podrías...?

La tostada saltó y Gideon dio un respingo.

Toby se rio.

—¿Quieres que te haga lo que tú me hiciste a mí?

Gideon estaba demasiado ocupado untando la tostada para mirarlo.

—Bueno, tal vez sí, eso es lo que estaba pensando.

Toby canturreó.

—No puede ser esta noche, porque es viernes y tengo una estúpida cena familiar este fin de semana, así que mi madre vendrá a las seis en punto porque tengo que ayudar a prepararla. —Puso los ojos en blanco—. ¿Y el domingo? Volveré a las seis, Benson estará comido y dormido a las siete, siete y media. Puedo tenerte boca abajo en la cama a las ocho.

Gideon lo miró fijamente. Tragó saliva.

—Ehhh.

Toby sonrió. Vertió el agua hirviendo en sus tazas, removió y le dio una a Gideon.

—Supongo que eso es un sí.

El cerebro de Gideon tardó unos segundos en ponerse al día.

—¿Cómo se supone que voy a trabajar hoy pensando en eso? En realidad, ahora voy a estar pensando en eso todo el fin de semana.

—Bien. —Dio un sorbo a su café y robó un trozo de la tostada con mantequilla—. Gracias.

Y por supuesto, eso era todo en lo que Gideon pensaba durante todo el día en el trabajo. En lo que Toby iba a hacerle, y en lo él que le hizo anoche. Nunca había tenido sexo así con nadie.

Nunca tan intenso. Nunca con tanta carga emocional.

Nunca había necesitado estar tan dentro de alguien. Quería meterse dentro de Toby. Quería no salir nunca.

Era mucho más que sexo.

Estaba ocupado en el trabajo, tratando de hacer todo lo que podía sin que su mente vagara a lugares clasificación X cada pocos minutos. Sin pensar en Toby, y deseando estar en casa con sus dos chicos favoritos.

*¿Tus chicos favoritos, Gideon? ¿De verdad?*

Justo entonces, su teléfono sonó con un FaceTime. No se había dado cuenta de la hora...

El bello rostro de Benson llenó la pantalla.

—Saluda a papá —dijo Toby fuera de la pantalla.

—¿Cómo está mi hermoso niño?

—Hoy vuelve a tener las piernas ágiles. Hambriento y creciendo a cada minuto.

Eso hizo sonreír a Gideon.

—¿Y cómo está... *mi otro hermoso chico...*? —Gideon se sorprendió—. ¿Cómo está Toby esta tarde?

El teléfono enfocó la cara de Toby.

—Bueno, estoy sentado —dijo con una sonrisa socarrona —. Y tengo moratones en las caderas que parecen sospechosamente marcas de dedos. ¿Sabes algo de eso?

Gideon abrió mucho los ojos. Gracias a Dios estaba solo en su despacho.

—Ehhh. — Se aclaró la garganta—. Lo siento mucho. Dios, Toby. No quise...

—No te disculpes —dijo con severidad. Acercó el teléfono, mirándole mal—. Porque volverás a hacerlo. ¿De acuerdo?

Genial. Bien, entonces.

El calor floreció en el pecho de Gideon.

—No sé qué prefiero: Sr. Mandón o Sr. Mendigo.

La cara de asombro de Toby se convirtió en una mueca.

—Mendigo, ¿eh?

Gideon se rio. Esta no era una conversación adecuada para el trabajo.

—Vale, bien, debería dejarte.

—Eh, antes de que te vayas, sólo muy rápido. Y puedes decir absolutamente que no. De hecho, ya he dicho que no en tu nombre, pero mi madre lo mencionará, así que tengo que preguntar. Me preguntó si te gustaría venir a almorzar mañana. Es comida con toda la familia. Habrá primos segundos y terceros y comida suficiente para alimentar a un ejército, y sé que es súper aleatorio, y no tienes que contestar en absoluto porque ya es bastante embarazoso. Creo que mi madre está convencida de que no comes cuando yo no estoy, y de todos modos, insistió en que te preguntara, aunque le dije que no necesitas que te moleste. Así que, de todos modos, lo siento si es incómodo, pero sé muy bien que va a sacar el tema cuando me recoja esta noche, así que tengo que avisarte...

—¿Almorzar? ¿Con toda tu familia?

—Todos nosotros. Y me refiero a todos nosotros. Es el cuadragésimo quinto aniversario de boda de mis tíos. Es la hermana mayor de mi padre y es como una segunda nonna...

—Me gustaría ir.

Las palabras salieron antes de que Gideon supiera realmente a qué estaba diciendo que sí. Sabía que era una comida con la familia de Toby, sí. Pero toda la familia... las implicaciones...

No era una cita. No eran novios. Toda su familia estaba a punto de asumir que lo eran, y tal vez eso era una mala idea...

Pero Gideon echaba de menos tener una familia.

—Quiero decir, si te parece bien —añadió—. A mí no me importa. Si te parece raro, no pasa nada. Pero si tu madre te va a molestar para que vaya, simplemente iré. No es que tenga otros planes.

Hubo un instante de silencio y la cara de Toby estaba tan inmóvil y aturdida que Gideon pensó que el teléfono podría haberse congelado.

—Oh. Eh, claro. No tengo ningún problema. Sólo supuse que no querrías ir. ¿Sabes a cuántos viejos italianos vas a conocer? Habrá preguntas y muy poca consideración por la vergüenza o la discreción.

Gideon se rio entre dientes.

—¿Qué tan malo puede ser?

La pantalla enfocó los ojos de Toby.

—¿Qué parte de lo que acabo de decir no has entendido? En una escala de uno a mortificante, es un sólido doce. Y puedes olvidarte de ver a Benson durante tres horas. Todo el mundo lo mimará y le pellizcará las mejillas mil veces, y sus primeras palabras serán *"bellisimo bambino"*.

Eso hizo reír a Gideon.

—Vale. Mejor te dejo. Tengo trabajo que hacer. —Toby puso la pantalla en Benson—. Dile adiós a papá.

Los ojos brillantes y la sonrisa soñolienta de Benson llenaron la pantalla antes de que terminara la llamada, y Gideon suspiró feliz.

¿Estaba a punto de conocer a toda la familia de Toby? Sí, lo estaba. ¿Y ser presentado como qué, exactamente? ¿El jefe de Toby? ¿El amigo de Toby? ¿El padre del bebé que Toby cuidaba?

No estaba seguro, pero le hacía ilusión ir.

———

—¿Sabes lo que has hecho? —preguntó Toby casi tan pronto como Gideon entró por la puerta—. Se lo dije a mi madre, así que esa conversación fue muy divertida.

Gideon levantó a Benson y le dio un beso.

—De nada.

Toby puso los ojos en blanco.

—Quería saber si tenía que comprar una cuna portátil para esta pequeña gominola, para que lo sepas. Y si te gustaba el acciughe al verde. Le dije que no, así que, por cierto, de nada.

Gideon no estaba seguro de lo que era. ¿Pero mencionó una cuna?

—¿Una cuna portátil? Espero que le dijeras que no.

—Le dije que no, por supuesto. Quiero decir, Dios mío. Y también le dije que eras alérgico al tomate, al ajo y al gluten.

Gideon se quedó mirando.

—¿Por qué dijiste eso?

—Así quizá la próxima vez se lo piense dos veces antes de invitarte.

Gideon se rio.

—Eh, ¿gracias? Ella sabe que me comí la lasaña, ¿verdad? Sabe que no soy alérgico a esas cosas. —Esas tres cosas eran la base de la cocina italiana.

Suspiró.

—Sí, ella lo sabe. Me dijo que dejara de ser un niño.

—Si no quieres que vaya...

Toby cogió la mano de Gideon.

—Quiero que vayas. Pero no creo que estés preparado. ¿Conoces esas viejas películas italianas en las que los ancianos se sientan a beber vino y a jugar a las cartas, y en las que todos se gritan unos a otros, y hay discusiones por el precio de los tomates y del aceite de oliva...? ¿Crees que eso es un estereotipo? Espera y verás.

Gideon sonrió y le dio un suave beso en la mejilla.

—Sinceramente, suena muy bien. Mi familia nunca fue así. Nunca tuvimos ese tipo de historia o tradición, pero echo de menos a mi familia. Así que, si puedo pasar una tarde con la tuya, me parece bastante bien.

El rostro de Toby se suavizó.

—Oh, Gideon. Lo siento. No había pensado en eso. —Le dio un abrazo a Gideon, uno que incluía también a Benson—. Tengo algunos primos que puedes tener. Y Josh. Puedes quedártelo. En realidad, estoy empezando a pensar que mi madre os tomará a ti y a Benson y me dejará fuera.

Gideon se rio entre dientes.

—No, no lo haría. Pero tengo que preguntarte algo.

Ni siquiera se inmutó.

—Claro.

Quiso preguntar cómo debía presentarse, pero se acobardó.

—¿Qué llevo?

Toby intentaba vigilar el frente de la casa, pero su madre no paraba de darle tareas. *Llévate este plato. Ve a pedirle a tu padre que traiga las otras sillas. Pon este mantel.*

No había parado desde que llegó anoche.

Había pelado patatas como para alimentar a un ejército, había picado cebollas y coles de Bruselas, había sacado todas las copas de cristal del armario y las había lavado. Y la vajilla y la cubertería de plata buena, que sólo se usaba en esas ocasiones. Y durante toda la mañana había ayudado a su padre a limpiar la zona trasera, no es que hiciera falta limpiarla, pero al parecer era importante volver a fregarla con una manguera.

Había cortado queso, tres tipos de salami y cuatro de embutidos, aceitunas y tomates secos. Al menos su padre no le estaba gritado en el patio trasero por no llenar la bombona de gasolina, como hacía con Josh. Porque aparentemente Josh debía hacerlo durante la semana...

Todo el ruido, todo el alboroto. A Toby le encantaba estar en casa.

Entonces empezó a llegar gente y Toby tuvo que saludarlos. Ya se había puesto al día con la mayoría de ellos tras regresar del extranjero, pero había más primos, más tías abuelas y más tíos abuelos. Incluso aparecieron los viejos vecinos que se habían mudado después de veinte años, con los mismos viejos calcetines y sandalias y gruesas cadenas de oro.

*No eran estereotipos si eran reales, ¿verdad?*

La casa de sus padres no era precisamente enorme, gracias a Dios que tenía un patio cubierto en la parte de atrás, porque en poco tiempo había alguien en cada rincón de la casa.

—Toby —gritó su madre—. Creo que hay alguien en el frente.

Toby puso una bandeja de cabanossi, queso y pepinillos marinados sobre la mesa, esquivó sillas, rodillas y gente, y salió por la puerta principal.

Efectivamente, allí estaba Gideon. Estaba sacando a

Benson del coche, y Toby no podía ni describir lo feliz que le hizo verlos.

—Hola —dijo saliendo a su encuentro—. ¿Encontraste fácil la casa?

—Sí, estuvo bien. Siento llegar un poco tarde. Benson durmió mucho.

—Ains, mira quién es un niño grande —dijo Toby extendiendo las manos.

Benson se inclinó hacia él con una gran sonrisa y Toby se apresuró a cogerlo.

—¿Te has portado bien hoy con tu papá?

Gideon se echó la bolsa de los pañales al hombro.

—Sigue siendo un niño hambriento.

—Es un niño en crecimiento, ¿no es así mi nuggetcillo de pollo pillo.

Toby le pellizcó la mejilla y Benson le sonrió.

—Mejor te quitamos del sol.

—Espera, voy a coger esto... —Gideon sacó el cochecito del maletero y una bolsa de vino de regalo.

—¿Vino?

—No para mí —respondió—. Para tus padres.

—Te lo dije, no tenías que traer nada.

—No voy a venir con las manos vacías.

—Traes a Benson. Ganas siempre.

Levantó la botella de vino lo suficiente. Era un vino italiano caro.

—¿Crees que les gustará?

—Dios mío. Serás su hombre favorito para siempre.

Gideon sonrió, aliviado, y Toby se dio cuenta de que en realidad estaba nervioso.

—¿Estás bien?

—Claro. —Hizo una mueca—. Un poco nervioso. Estoy fuera de práctica con cosas de familia.

—Irá bien. —Se dirigió hacia la puerta principal cuando

notó que Gideon tardaba en seguirle. Lo esperó—. Oye —le dijo suavemente—. Si es demasiado, no tienes que entrar. Puedo decírselo a mamá. Ella lo entenderá.

—No, está bien. Sólo... ¿cómo me presentas? ¿Qué digo? ¿Saben que soy gay, padre soltero? Es que...

Toby puso la mano en el brazo de Gideon.

—Aquí estás bien. Te lo prometo. Aquí nadie tiene problemas con ser gay. Simplemente podemos decir...

La puerta principal se abrió y apareció la madre de Toby.

—Dios mío, tráeme a esa pequeña gominola ahora mismo. Mira qué trajecito —dijo cogiendo a Benson de los brazos de Toby y guiando a Gideon adentro. Un centenar de ojos se posaron en ellos—. ¡Escuchad todos! —anunció en voz alta—. Este es Gideon, un amigo de Toby. Y este pequeño es Benson. ¿No es la cosa más adorable que habéis visto nunca?

Y eso fue todo.

Gideon fue recibido en medio de ruidosas bienvenidas, cientos de preguntas sobre su trabajo, su bigote, por supuesto, y cuando ofreció el caro vino al padre de Toby, le abrazaron y le dieron asiento en la mesa. Y todas las personas se deshicieron en elogios hacia Benson.

Todos querían su turno para cogerlo.

Carla arrastró a Toby a la cocina.

—He oído lo que ha dicho. Dile que no se preocupe, que aquí es bienvenido. Ese pobre chico —dijo entregándole una bandeja de fruta en rodajas—. Ve a llevar esto por ahí.

Todo el pecho de Toby se llenó de calor.

—Gracias, mamá.

Sí. Le encantaba estar en casa.

---

Toby ayudó con la comida y los invitados, y sólo consiguió atrapar a Gideon para él apenas un par de veces.

Vio cómo su tía Carol le daba a probar un poco de mango a Benson y, por supuesto, éste estaba tan entusiasmado que casi se tira de su regazo. La siguiente vez que lo vio, Benson se estaba riendo de Max, el tío abuelo de Toby; estaba seguro de que lo que le hacía gracia eran las cejas pobladas. La vez siguiente, vio a Joseph, el primo de Toby, acunando a Benson en su cochecito para que se durmiera.

Pilló a Gideon riéndose un par de veces de algo que había dicho Nonno y, después de comer, lo encontró jugando a las cartas. Gideon era el más joven de la mesa en cuarenta años, por lo menos, pero se defendía bien. En las cartas y repartiendo cartas.

Tenía una cara de póquer sorprendentemente buena.

—Está teniendo un buen día —dijo Carla. Estaba fregando en la cocina, Toby estaba secando.

—Yo también lo creo —admitió Toby—. Creo que necesitaba esto, mamá. Echa de menos a su familia.

Ella frunció el ceño.

—¿No hablan en absoluto?

Toby negó con la cabeza.

—Sus padres murieron, mamá. Lo crio su abuela, que no era muy buena con él. Incluso con su hermana... —Entonces, bajó la voz—. Quien es la madre biológica de Benson. No se hablan. Gideon quería venir hoy porque echa de menos tener una familia.

Los ojos llorosos de Carla se encontraron con los suyos, fieros y tristes.

—Tan triste.

Toby la abrazó.

—Por eso soy tan afortunado de haberte tenido como madre.

Ella le dio un suave empujón y le quitó el paño de cocina.

—Para o me harás llorar. Prepara el té y el café. Anda, ve.

Gideon entró en la cocina, con las manos en los bolsillos traseros.

—Son demasiado buenos para mí. Suerte que sólo jugábamos en broma.

—Hacen trampas —dijo Carla—. Una guarida de zorros, y ni un gramo de escrúpulos entre ellos.

Gideon sonrió y, por Dios, Toby quiso rodearlo con los brazos. Quería tocarlo o darle un beso suave. Pero no podía, no delante de su madre. Le plantearía demasiadas preguntas para las que no tenía respuesta.

Como "¿qué pasará con tu trabajo?" y "¿qué pasará después?" y "¿qué significa esto para Benson?"

Toby sabía que esas eran preguntas que tendría que hacerse más tarde, en algún momento, porque si ese día había demostrado algo, ver a Gideon encajar en su familia, era que estaba seguro de que no había vuelta atrás.

Cuando llegó la hora de que Gideon se fuera, Toby le acompañó. Gideon abrochó a Benson en su asiento mientras Toby plegaba el cochecito. Se encontraron en la puerta del conductor.

—Gracias por venir hoy —dijo Toby.

—Gracias por invitarme. Tuve el mejor día. Sé que probablemente te suene raro, pero...

Toby le cogió la mano, esperando que su familia no pudiera verlo, aunque sabía sin duda que lo estaban observando.

—Lo entiendo.

—Ojalá pudiera quedarme más tiempo —murmuró, Gideon.

—Eres más que bienvenido.

Gideon hizo una mueca.

—Será mejor que lleve a Benson a casa. Ha tenido un gran día y le gusta su rutina a la hora de acostarse. De momento, hoy le han llamado gominola, malvavisco, ciruela dulce y muslito de pollo, lo cual fue raro.

—No más raro que *nuggetcillo* de pollo.

Gideon rio entre dientes.

—Cierto. Empiezo a pensar que a tu familia le gustan los nombres de comida.

—Sólo comida que nos gusta. Nada de llamarlo *acciughe al verde*.

Gideon lo miró fijamente, sonriendo, con los ojos llenos de cosas no dichas.

—Quiero besarte ahora mismo —dijo Toby—. Pero no lo haré porque sé a ciencia cierta que mi madre está mirando a través de las persianas venecianas. —Dio un paso atrás—. Nos vemos mañana por la noche. Llevaré comida, sin duda. Podríamos alimentar a todo el suburbio.

—No puedo esperar —murmuró Gideon—. Creo que recuerdo lo que iba a pasar el domingo por la noche. —No se refería a la comida; ambos lo sabían.

*Oh, es verdad*, Toby lo recordó. Iba a hacer en el culo de Gideon lo que Gideon había hecho en el suyo la otra noche...

—Claro que sí.

Gideon se rio y subió al coche. Toby lo vio alejarse, y cuando volvió a entrar donde estaba su madre, observando como sabía que estaría.

—Es un chico tan dulce.

Josh le dio un empujón a Toby.

—Le tienes muchas ganas, hermano. Te encanta el sexi bigote de Tom Selleck, puedo decirlo. Quiero decir, sólo mira tú estúpida cara.

Toby le devolvió el empujón.

—Cállate —siseó.

Su madre los miró con el ceño fruncido.

—Josh, compórtate. Deja en paz a tu hermano.

Josh puso los ojos en blanco y Toby le sacó la lengua, victorioso, como hacían cuando eran pequeños.

Su madre no volvió a mencionar a Gideon durante el resto del fin de semana, aunque le dio unas cuantas palmadas cada vez que pudo. El tipo de palmadas tranquilizadoras que le decían que sabía que tenía que tomar una decisión importante.

Que, por supuesto, Toby fingió que no tenía que tomar.

A las seis en punto del domingo, Toby llegó a casa de Gideon con una bolsa de envases llenos de comida. La puso sobre la mesa y se reunió con Gideon en el pasillo.

—Oh, no te oí entrar...

Toby cogió la cara de Gideon con las dos manos y lo besó con fuerza. Gideon se quedó pasmado, pero pronto cedió y sonrió.

—¿A qué ha venido eso?

—Era lo que quería hacer ayer. Llevaba todo el día pensando en hacerlo.

Gideon deslizó la mano por la mandíbula de Toby y volvió a besarle, esta vez más suavemente.

—Bienvenido a casa.

*Bienvenido a casa. Tres palabras nunca habían sonado tan dulces.*

Casa.

Benson armó un alboroto, balbuceando en voz alta y dando patadas con las piernas en la alfombrilla del suelo y revolcándose.

—Ah, sí, a ti también —dijo Toby arrodillándose a su lado. Lo levantó y le hizo una gran pedorreta en su barriguita —. Yo también te he echado de menos.

Benson se rio y le agarró la cara, y Toby olió algo malo.

—Puaj, el señor pantalones sucios aquí necesita un cambio de pañal.

—Le estaba preparando un baño —dijo Gideon—. Volvía

para desvestirlo.

—Yo me encargo —dijo Toby recostando a Benson en su manta—. Vamos a limpiar a este pequeño frijol apestoso.

Bienvenido a casa.

Toby estaba nervioso por llevar a Gideon a la cama. Habían acordado que Toby sería activo esta noche, y eso conllevaba presión. Quería hacérselo bien a Gideon. Quería hacer que se sintiera tan bien como nunca.

Quería mostrarle cómo debería haber sido amado todo este tiempo.

Así que cuando se acostaron, Toby se tomó su tiempo para recorrer cada centímetro del cuerpo de Gideon. Masajeó, acarició, besó. Tenía a Gideon tan caliente, tan preparado, que el pobre era un desastre murmurando y suplicando.

Toby tenía toda la intención de follarse duro a Gideon. Follárselo tan fuerte como Gideon se lo había follado a él. Quería que lo sintiera durante uno o dos días, que lo recordara. Quería que Gideon viera destellos de su follada cada vez que se moviera.

Pero cuando llegó el momento de empujar dentro de él, no se sentía bien ser duro y salvaje.

Así que se lo tomó con calma. Cara a cara, con las rodillas de Gideon cerca de su pecho y los brazos de Toby bajo Gideon, sujetándolo, observando sus ojos cuando empujaba hasta el fondo. El parpadeo de dolor se convirtió en placer, la forma en que sus ojos se pusieron en blanco y su boca se abrió, el cuello tenso.

Y Gideon lo abrazó con fuerza, envolviéndolo con sus brazos. Se besaron, lenta y tiernamente, con las lenguas enredadas mientras Toby lo tomaba despacio y con seguridad.

Estaban haciendo el amor.

Toby cerró los ojos para que Gideon no pudiera ver la cruda honestidad, aunque estaba en su tacto, en la forma en que lo tomaba por dentro y movía las caderas. Pero Gideon tomó la cara de Toby entre sus manos, haciendo que sus ojos se encontraran.

—Mírame.

No había forma de esconderse. Era imposible que Gideon no lo viera.

Y tal vez el corazón de Toby se atrevió a esperar, que veía las emociones en los ojos de Gideon devolviéndole la mirada. Y todas las cosas que quería decir, todas las cosas que había estado sintiendo estaban en la punta de su lengua.

Antes de que Toby pudiera decir algo estúpido, presionó su boca contra la de Gideon, besándolo. Chocaron dientes y lenguas, y Toby empujó la lengua al compás de su polla, y se tragó los gemidos de Gideon.

Después sus gemidos se convirtieron en suaves suspiros, luego en súplicas, y en cuanto Toby deslizó la mano entre ellos para agarrar la polla de Gideon, este echó la cabeza hacia atrás, con la espalda arqueada mientras se corría.

Toby nunca había visto nada tan hermoso.

La polla de Gideon chorreó gruesas cuerdas de semen entre los dos, con el culo apretado alrededor de la polla de Toby, exprimiéndole el orgasmo. Empujó con fuerza, una, dos veces, y se tambaleó sobre el borde.

Cayeron abrazados, saciados, sudorosos. Sonriendo.

Y a pesar de todo el esfuerzo que Toby había puesto en ocultar sus verdaderos sentimientos, esta noche había cruzado la línea. Ya no podía ocultarlo. Era imposible que Gideon no lo supiera.

Como si le leyera el pensamiento, Gideon puso la mano en la mejilla de Toby y lo besó, suave y soñoliento. No dijo ni una palabra. No hacía falta.

Gideon ya lo sabía.

# Capítulo Quince



GIDEON ESTABA EN LAS NUBES.

Fue a trabajar el lunes como si estuviera caminando sobre un sueño, y el martes, y el miércoles. No eran sólo los orgasmos increíbles, y sí, eran increíbles; pero era más que eso.

Toby y él, compartían una conexión.

Estaban muy bien juntos. Hacían una gran pareja... Excepto que no lo eran.

—Tienes que preguntárselo —dijo Lauren dando un sorbo a su café. Estaban tomando un café para ponerse al día a las tres de la tarde, y Gideon acababa de contarle que Benson había dicho algo que sonaba muy parecido a *papapapapapa* durante su videochat por FaceTime a la hora de comer. Toby y él se habían puesto a chillar.

—¿Qué? —Gideon fingió ignorancia.

Ella suspiró y dejó la taza.

—Tienes que preguntarle a Toby —dijo—. Pregúntale qué quiere, hacia dónde ve vuestra relación. Está bastante claro que él siente lo mismo, pero las ruedas se detendrán si uno de vosotros no se pone al volante y os da a los dos alguna dirección.

—¿Acabas de usar una metáfora de conducción?

—Sí.

—No sé si estoy impresionado u horrorizado.

—Gideon.

Ahora le tocaba a él suspirar.

—Vale. Yo... le diré algo. —Luego hizo una mueca—. Dios. No sé cómo. No sé qué decir. ¿Y si dice que no o si se ríe de mí?

Ella levantó una ceja.

—¿De verdad crees que lo haría?

—No. —Claro que no—. Pero si reconocemos que las cosas han cambiado, entonces las cosas tienen que cambiar. Algo tiene que cambiar. ¿Y si, para que estemos juntos, tiene que dejar de ser el niñero de Benson? ¿Entonces qué? Dios, Lauren, no quiero que nada cambie. Es perfecto como es ahora.

—¿Pero lo es?

—Bueno, sí...

—Excepto que en realidad no habéis hablado de ello, y sigues siendo técnicamente su jefe.

Gideon gimió.

—La honestidad siempre ganará. Permite navegar sin problemas. Y, si *chocas* con un iceberg, estarás preparado.

—¿Ahora somos el Titanic? Creía que íbamos en coche.

Ella se encogió de hombros y dio un sorbo a su café.

—Ya me entiendes.

Sí, entendía. No le gustaba más que antes, pero lo entendía.

—Mañana tengo que verlo a medio día —dijo Gideon—. Benson tiene una cita en la clínica por la tarde. Sólo para su pesaje habitual y una revisión. Supongo que podríamos ir al parque después, o algo así, para hablar. —Suspiró—. Siento que estoy tentando al destino, ¿sabes? Por fin soy feliz.

—Díselo. Dile exactamente cómo te sientes.

—No estoy seguro de que esté preparado para eso —murmuró Gideon—. No quiero asustarlo.

—No lo asustarás. Puede que te sorprendas.

Suspiró.

—¿Ya has terminado con tus planes de viaje? No estoy nada celoso, para que lo sepas. Teniendo en cuenta que mis únicos planes de viaje incluyen viajes al supermercado a por pañales y largos paseos por el jardín trasero, enseñándole a Benson las hojas del árbol.

Lauren se rio.

—Tendrás muchos viajes cuando sea mayor. Viajes a la playa, viajes a urgencias cuando resbale en la bici o se caiga del árbol.

Gideon resopló.

—Vaya, gracias.

Ella acercó su taza de café a la de él.

—De nada.

Aquella noche, cuando Benson dormía en su cama, Gideon y Toby estaban en el sofá. No había tazas de té. En su lugar, Gideon estaba tumbado y Toby estaba medio tumbado encima de él, haciendo de cucharita. Gideon tenía el brazo echado sobre Toby y la tele estaba encendida, pero la mente de Gideon estaba atrapada en lo que había dicho Lauren.

—¿Gid? —Toby se inclinó para poder ver la cara de Gideon.

—¿Eh? Lo siento. Estaba a un millón de kilómetros.

—Sólo te pregunté si querías que te hiciera un té. —Gideon apretó su agarre—. No. Me siento feliz tal cual.

Toby sonrió y volvió a apoyar la cabeza en el pecho de Gideon.

—Me siento igual. —Volvieron a quedarse en silencio y Gideon pasó los dedos por el pelo de Toby. ¿Quizá debería sacar el tema ahora? Quizá debería decir algo ahora y no dejarlo para mañana.

*Di algo, Gideon. Sé un hombre y dile cómo te sientes.*

Pero antes de que Gideon pudiera armarse de valor, Toby habló. Manteniendo la cabeza sobre el pecho de Gideon, aún de cara al televisor, dijo:

—¿Te importaría si esta noche solo nos acurrucamos?

Gideon le abrazó con fuerza.

—No me importaría, para nada.

*Díselo, Gideon.*

—Toby, yo...

—Vamos a la cama —dijo al mismo tiempo levantándose—. Estoy cansado y me estoy quedando dormido. —Le tendió la mano—. Venga. Vamos a la cama.

Oh.

—Claro.

Cuando Gideon se puso el pijama y se lavó los dientes, Toby ya estaba en la cama. Estaba en el centro, acurrucado. Levantó las mantas.

—Se necesitan mimos. Date prisa.

Gideon resopló, pero hizo lo que le decían. Se colocó en su sitio y Toby no tardó en acurrucarse. Gideon sabía que probablemente debería haber dicho lo que pensaba, pero en lugar de eso, besó a Toby en un lado de la cabeza y lo atrajo un poco más cerca.

---

La visita de Benson a la clínica bien. Cumplía todos los hitos del desarrollo y crecía grande y fuerte. Prosperando, según la tabla de crecimiento.

—Es un niño muy afortunado —dijo la enfermera de la clínica—, por tener dos padres que lo quieren tanto.

—Ah. —Gideon se desanimó—. Eh.

—Seguro que tiene suerte —dijo Toby rápidamente—. Pero yo no soy su padre. Sólo soy el niñero. Gideon es el padre.

La enfermera parecía horrorizada.

—Oh, lo siento. Sólo lo supuse, lo cual estuvo mal de mi parte, lo siento.

—No te disculpes —dijo Toby—. Fue un simple error. —Toby y él estaban sentados muy juntos. Su mirada se desvió hacia la de Gideon con una sonrisa que era más mueca que humor. Gideon también vio el destello de algo en ella, pero fue demasiado breve para nombrarlo.

Así que Gideon intentó disimular la incomodidad con una broma.

—Bueno, sí. Aquí hay un padre gay —dijo señalándose a sí mismo y luego a Toby—. Y él no es sólo un niñero. Es un superniñero. Dejamos su capa en el coche.

Toby lo miró como si hubiera perdido la cabeza, e incluso la enfermera no sabía qué pensar.

*Así se hace, Gideon.*

Puso a Benson de pie sobre su regazo y desvió la conversación hacia un tema más seguro.

—Podemos empezar a darle otros alimentos sólidos, ¿no? Le encanta su Farex y ha tomado purés de fruta y verdura. Tiene hambre todo el tiempo.

—Oh, claro —dijo ella, y luego procedió a dar una lista de cosas para probar.

Gideon estaba seguro de que Toby sabía todo esto, pero se limitó a sonreír y asentir cortésmente.

Al menos las mejillas de Gideon ya no parecían arder.

Cuando terminaron, salieron de la clínica y Gideon se dirigió al supermercado.

—¿Compramos algo de comida para llevar al parque?

—¿Seguro que no tienes que volver al trabajo?

—No. Tengo toda la tarde libre. —Entonces se le ocurrió algo—. Oh, ¿eso significa que tú también deberías tener la tarde libre? Puedo quedarme con Benson si quieres ir a hacer algo. Sigo olvidando que este es tu trabajo y que técnicamente no tienes que trabajar cuando estoy en casa.

La expresión de Toby era difícil de leer.

—Gideon está bien. El parque parece encantador. Creo que el grupo de la guardería se reúne esta tarde. Deberíamos ir.

Toby sonaba tan distante, tan distinto a él. Gideon no estaba seguro de lo que había hecho.

Algo no encajaba.

Desde que llegó a casa ayer. Desde la fiesta familiar. Gideon se preguntaba si había pasado algo...

Realmente necesitaban hablar.

Toby dejó de caminar y la gente tuvo que rodearlos.

—¿Podemos hablar? —preguntó—. Esto no es propio de nosotros.

Pero entonces Benson empezó a alborotarse y tiró su oruga, y luego empezó a gritar.

El mundo de Gideon empezó a cerrarse, estaban pasando demasiadas cosas a la vez y había demasiado ruido y demasiada gente.

—Sí. Claro —dijo sacando a Benson del cochecito. Intentó darle un chupete, pero Benson tenía hambre y estaba cansado y eso nunca era una buena combinación.

—¿Gideon? —dijo una voz familiar.

No, no, no.

A Gideon le entró pavor en el estómago y se giró para ver a Drew allí de pie. Simplemente genial.

---

Si la petulancia fuera una persona, sería el ex de Gideon.

Toby supo quién era antes de que Gideon dijera una palabra y, por supuesto, fue en el peor momento posible.

Benson lloraba, Gideon estaba agotado y Toby sabía que

su estado de ánimo no había ayudado a mejorar la situación. Tenía que ser sincero con Gideon. Tenía que enfrentarlo, pero era demasiado cobarde, así que no había dicho nada y se había comportado como un imbécil.

Pero entonces tuvo que aparecer Pedante Caraculo con su abrigo y sus zapatos pretenciosos y sus cejas demasiado depiladas. ¿Tuvo la osadía de mirar a Benson como si fuera un estorbo?

Sí, Toby no lo creía.

—Yo lo llevaré —dijo Toby cogiendo a Benson y el cochecito—. Buscaré un asiento y le daré algo de comer.

Y, por si fuera poco, miró al gilipollas de arriba abajo como si oliera mal antes de darse la vuelta y caminar en dirección al patio de comidas.

Porque que se jodieran él y todo este lío.

Toby encontró una mesa y preparó el biberón de Benson, sosteniéndolo mientras se lo bebía.

Sus preciosos ojos azules y sus mejillas regordetas, sonriendo ahora mientras bebía.

Dios, enfurecía tanto a Toby que el ex de Gideon mirara a Benson con tanto desprecio. No, ni siquiera eso. Era resentimiento.

Lo que arruinó su relación con Gideon. Bueno, a la mierda con eso también.

Y no era tanto la expresión de su cara como la de la de Gideon.

Toby tenía que preguntarse si Pretencioso Falsobronceado quería volver, ¿qué diría Gideon? Había dicho que lo había superado. Había dicho que le odiaba, que nunca lo perdonaría.

Pero ahora que Toby había visto la cara de Gideon... no estaba seguro.

Y dolía mucho.

Le dolía el corazón y se sentía tan tonto. ¿Cómo había

podido enamorarse de su jefe? ¿Cómo pudo dejarse llevar tanto por un hombre al que acababa de romperle el corazón un novio de mucho tiempo, alguien que tenía una historia con él?

Sí, Toby se sintió tonto y estúpido, pero se negó a llorar.

Benson era su prioridad número uno. Siempre debió serlo. No quería tener que dejar este trabajo. Adoraba a Benson y le encantaba cuidarlo.

Toby se dio cuenta entonces, con el corazón encogido, de que tal vez no tuviera elección.

Quizá Gideon recapacitara y pusiera fin a sus encuentros sexuales.

Era tonto al pensar que podía tener ambas cosas. Y esos momentos estúpidos en los que había pensado "¿qué es lo peor que podría pasar?"...

*Esto, idiota. Esto es lo peor que podría pasar.*

Benson se terminó el biberón, más contento, pero aún no lleno. Toby abrió la bolsa de los pañales, buscó el envase de cereal de arroz y no lo encontró. Recordó haberlo puesto en la encimera... ¡Maldita sea! ¿Se lo había olvidado? Estaba a punto de respirar hondo para calmarse cuando sonó su teléfono.

Era Gideon.

Respondió a la llamada.

—¿Dónde estás? —preguntó Gideon.

—En el patio de comidas, junto al puesto de zumos.

—Vale. Voy para allá.

Toby se sentó con Benson en el regazo, mirando en la dirección por la que vendría Gideon, y efectivamente, unos segundos después, Gideon apareció, apresurado e incluso un poco asustado. Oteó a la multitud y se relajó visiblemente cuando los vio.

Toby juró que pudo oír el suspiro de Gideon desde donde estaba sentado.

—Oh, estaba preocupado —dijo mientras se acercaba—.

¿Estás bien? ¿Y Benson? —Se agachó y cogió la mano de Benson—. Ha dejado de llorar.

—Le di un biberón. Pero no era mucho, y pronto va a tener ganas de más. Olvidé su cereal. Debo haberlo dejado en la encimera cuando llené el agua.

Justo a tiempo, Benson empezó a patalear y a balbucear sintiéndose frustrado.

—Toma —dijo Toby levantándose y entregándole a Benson—. Ahora vuelvo con algo para él.

Había un supermercado al otro lado del patio de comidas, así que Toby se dirigió directamente a él. No le dio a Gideon la oportunidad de discutir o hacer preguntas. No quería oír que la conversación con su ex había ido bien o que había sido amable con él.

Que era más de lo que Toby podía decir de su propio comportamiento.

Dios, ¿por qué se comportaba como un mocoso malcriado? Sabía por qué, pero no podía evitarlo.

Le dolía.

Gideon y él, necesitaban hablar.

Se dirigió a la sección de alimentos infantiles, enfadado consigo mismo por tener que recurrir a comprar cosas precocinadas. Y también tendría que comprar una cuchara, porque no podía usar una de plástico duro. Las encías de Benson no estaban preparadas para eso. ¿Y por qué tantos potitos llevaban plátano?

Una voz suave detrás de él dijo:

—Aquí estás. —Era Gideon—. Estabas enfadado —empezó. Tenía a Benson en un brazo y empujaba el cochecito con la otra mano. Su sonrisa se apagó al ver la expresión de Toby.

—Todos tienen plátano —dijo Toby intentando no llorar, con los ojos ardiendo de lágrimas—. Me dan arcadas. ¿Y quién decidió mezclar ternera con lentejas y pera? Me gustaría ver a la persona que sugirió esa combinación probarla y comérsela. Y a temperatura ambiente. Dios todopoderoso. —Se secó una lágrima traicionera—. Y las natillas tienen demasiado azúcar. Sólo tiene dos dientes. ¿Quieren podrírselos antes de que tenga más? —Cayó otra lágrima—. Siento haberme dejado su Farex en casa.

Gideon dejó el cochecito y cogió a Toby en brazos, acunándolos a los dos. Dios mío, se sentía tan bien. El brazo de Gideon alrededor de él, la cara de Benson en su cuello.

—Eh —susurró Gideon—. ¿Quieres decirme qué te pasa realmente?

—Tú estúpido ex, sus estúpidas cejas y sus zapatos de imitación —soltó Toby. No era eso lo que quería decir, pero su cerebro lo había dicho antes, así que al parecer había que decirlo—. No quiero trabajar para nadie más. Quiero quedarme contigo y con Benson, y quiero estar contigo al mismo tiempo. Pensé que podría mantenerlo todo separado, pero claramente eso no va bien porque soy un desastre. Y la forma en que ese gilipollas miró a Benson... —Toby hizo una pausa para darle a Benson un beso en la frente, y se encontró con los ojos de Gideon—. Ni siquiera se merece estar cerca de él, y si dices que no es tan malo, me voy a cabrear de verdad, Gideon. Mi familia te quiere...

Gideon sonrió y limpió la mejilla de Toby.

—Le dije a Drew que eras mi novio. Le dije que adorabas a Benson y que Benson te adoraba a ti y que eso te hacía diez veces mejor para mí de lo que él podría ser jamás.

¿Novio?

—¿Lo hiciste? ¿Por qué?

Gideon asintió.

—Para que sepa que no me importa nada de lo que diga o haga. Porque no me importa. Para que sepa que lo he superado. Porque lo he hecho. Me hizo daño, sí. Pero dijo cosas hirientes sobre mi hijo, y nunca lo perdonaré por eso. El hecho de que ni siquiera quieras que mire a Benson me dice que tomé la decisión correcta. Te elegiría a ti un millón de veces antes que a él.

Toby le dedicó una sonrisa triste.

—¿Sólo cien?

—Miles. —Gideon sonrió y con la mano en la mejilla de Toby, lo atrajo para darle otro abrazo—. Sé que tenemos cosas de las que hablar. Pero quizá el pasillo de la comida para bebés del supermercado no sea el mejor lugar para ello.

Toby señaló con la mano las estanterías.

—Todo es horrible.

Benson le tendió las manos a Toby, queriendo ir hacia él y Gideon lo soltó alegremente.

—¿Ves? Benson también te elige a ti.

Entonces Benson se zafó de los brazos de Toby en dirección a las estanterías.

—No, creo que elige comida.

Gideon se rio. Encontró una bolsa de manzana y pera orgánicas y un tarro de papilla.

—Toma, esto servirá. —Luego vio otros tarros y bolsas—. Dios mío, ¿todo esto es para niños de seis meses? ¿Puede comer esto?

Toby cogió una cuchara de bebé de la percha.

—No. Comerá cosas que le preparemos en casa.

—Excepto el pollo poco hecho —dijo Gideon con una sonrisa.

Toby jadeó, horrorizado y a punto de llorar de nuevo.

—¡Nunca le haría eso!

Gideon lo rodeó con el brazo.

—Sé que no lo harías. Lo siento.

—Nunca volveré a cocinar pollo —dijo Toby mientras caminaban hacia la caja registradore.

GIDEON CONDUCÍA Y TOBY SUPUSO QUE SE DIRIGÍA A casa, pero le sorprendió parando en el parque.

—Pensé que podríamos hablar aquí —dijo Gideon—. Hace una tarde agradable. —Miró por el parabrisas hacia el cielo azul—. Y sé que a Benson le encanta estar aquí y, sinceramente, estoy intentando reunir todas las buenas vibraciones que pueda.

Toby resopló.

—¿Para qué?

—Así no me dirás que ya no crees que ser nuestro niñero sea una buena idea.

Toby apoyó la cabeza en el reposacabezas, contemplando el rostro de Gideon, y suspiró.

—No quiero dejaros ni a ti ni a Benson.

Gideon esbozó una sonrisa.

—Pero aún tenemos que hablar.

Toby asintió.

—Sí. Creo que sí.

Salieron del coche, Gideon sacó a Benson de su asiento mientras Toby ordenaba el cochecito. Benson necesitaba más comida y, una vez tomada su papilla con manzana y pera, se sentó encantado en el regazo de Gideon a morder su oruga.

—Está bien, yo iré primero —dijo Toby necesitando desahogarse—. Después de la fiesta del sábado, mamá sabía que pasaba algo. No ayudó que mi hermano fuera un capullo y se burlara de mí. Al final, le confesé que sí, que sentía algo por ti y que las cosas iban muy bien entre nosotros, pero que todo el asunto del trabajo se cernía sobre nosotros. Me dijo que tenía que resolverlo, y yo le dije que no, que tenía que elegir. No puedo tener las dos cosas. No puedo trabajar para ti y estar contigo. Me hizo leer el contrato que firmamos con la agencia.

Gideon frunció el ceño.

—Ah.

—Está bastante claro. —Toby bajó los labios y trató de no ponerse emocional—. Así que he estado dándole vueltas en mi cabeza, tratando de resolverlo todo. Pensé que podría decirme a mí mismo que fuera profesional y mantuviera mi corazón fuera de esto. — Negó con la cabeza.

Gideon deslizó su mano sobre la de Toby y apretó.

—Quiero las dos cosas. Quiero ser el niñero de Benson — dijo Toby, sonriendo al pequeño y feliz Benson—. No puedo imaginarme no verlo todos los días. Lo adoro y nunca me había sentido tan unido a ninguno de los niños que he cuidado antes. No sé por qué ni qué es. Se me rompería el corazón si lo perdiera. —Entonces Toby miró a Gideon—. Y a ti. Tampoco quiero perderte a ti. Quiero lo que tenemos ahora. Quiero acurrucarme contigo en el sofá y dormir en tu cama. Quiero que sufras con mi familia y que mi madre te mime. Quiero más de lo que tenemos ahora. Quiero poder decirte que me he enamorado de ti. De los dos. Sois un paquete y os amo a los dos. —Una lágrima errante rodó por su mejilla y se la secó—. Pero no sé cómo hacer que funcione. No sé cuál es la respuesta.

Gideon lo cogió la mano.

—Oh, Toby. Yo siento lo mismo. Juré que nunca me enamoraría de otro chico. Me prometí que seríamos Benson y yo para siempre porque no podía confiar en nadie que lo cuidara como yo. Tenía que ponerlo a él primero, a mí segundo. Eso es ser padre, y Drew no podía lidiar con eso. Pero entonces llegaste tú. Siendo maravillosamente tú. —Apartó un mechón de pelo de la frente de Toby—. Tú, que pones a Benson antes que a mí, antes que a ti mismo. Eras todo lo que necesitaba. Divertido, cariñoso. Reflexivo. Guapo, sexi. Tomaste las riendas y resuelves mi vida.

Toby sonrió.

—Te dije que era mandón.

Gideon se rio y pasó el pulgar por la mejilla de Toby.

—Eres todo lo que necesito. Me haces feliz como nadie lo ha hecho nunca. Incluso Lauren y Jill dijeron que tenía problemas cuando llevabas aquí sólo unas semanas. Ese es el tiempo que hace que lo sé. —Negó con la cabeza—. Toby, me enamoré de ti en el momento en que entraste en mi salón y llamaste a Benson nuggetcillo de pollo.

Toby rio, con los ojos llorosos. Se llevó la mano al corazón.

—Cuando te oí cantarle "Hasta la Luna y de Vuelta", esa nana inventada que le cantas todas las noches. Me golpeó justo aquí.

Gideon cogió la mano de Toby.

—Yo tampoco tengo las respuestas. No sé qué podemos hacer para que esto funcione, pero no quiero perderte. Me has salvado la vida. Lo digo en serio. Me estaba ahogando antes de que llegaras. Podría haber perdido mi trabajo o mi casa si no fuera por ti.

—Habrías encontrado una manera.

Gideon negó con la cabeza.

—No. No sin ti. Llegaste a mi vida, a nuestras vidas, en el momento perfecto. Eso creo. Tenemos cosas que resolver, y no, no tengo todas las respuestas, pero si me dices que quieres estar con nosotros, encontraremos la manera.

Toby asintió.

—Eso es lo que quiero.

Gideon se inclinó y rozó con sus labios los de Toby.

—Eso es lo que yo también quiero. —Sus ojos estudiaron los de Toby—. Te amo. Estoy enamorado de ti. Me encanta cómo eres una brisa de aire fresco. Me encanta cómo te ríes. Me encanta cuando me miras. Me encanta todo lo que haces con Benson. Me encanta cómo eres con él cuando crees que no estoy mirando.

Toby tuvo que parpadear para contener las lágrimas. Lágrimas de felicidad esta vez.

—Yo también os amo. A los dos.

La palma de la mano de Gideon levantó la barbilla de Toby para darle un suave beso.

—Entonces lo solucionaremos. Juntos. Revisaremos el contrato y veremos cuáles son nuestras cláusulas. El contrato es una buena idea. Te da protección laboral y mantiene esa parte de nuestro acuerdo a nivel profesional. Pero no quiero que pienses o sientas que eres sólo el niñero. Cuando dijiste eso a la enfermera en clínica, me impactó porque no eres sólo el niñero, eres más que eso.

—Soy el súper niñero, ¿verdad? —dijo Toby con una sonrisa.

—Exacto.

Toby suspiró y enhebró sus dedos.

—Ojalá hubiera una forma de seguir siendo el niñero de Benson, pero también de no ser sólo su niñero. Ni siquiera sé si eso tiene sentido. No quiero que las cosas cambien, pero creo que tienen que hacerlo si queremos estar juntos, y no sé cómo hacerlo. —Se llevó la palma de la mano de Gideon a los labios—. Odio que sea tan complicado cuando lo único que quiero es estar contigo. Mamá dijo que tenía que elegir, pero eso no es cierto. Sólo tenemos que encontrar una manera en la que todos ganemos.

—Holaaa —dijo una voz de mujer interrumpiéndolos—. No interrumpo, ¿verdad?

Toby se volvió y vio que Anika venía hacia ellos empujando su cochecito doble. Sonreía y sabía perfectamente que les estaba interrumpiendo.

—Oh —dijo Gideon sonrojándose y volviendo su atención a Benson—. No interrumpes.

—Sí, nos has interrumpido —dijo Toby—. Pero siéntate. No me había dado cuenta de que ya era la hora.

—Sí, son casi las dos. Llegué un poco temprano. Tenía que salir de casa antes de que mis querubines me volvieran loca. —Tendió la manta y se sentó con un suspiro. Los miró fijamente

—. Así que las cosas aquí han tomado un giro interesante, ¿veo?

Gideon estaba claramente avergonzado, pero Toby ya estaba acostumbrado a Anika.

—Se podría decir que sí —dijo Toby—. Estábamos hablando del contrato de la agencia. Ya sabes. El acuerdo legalmente vinculante que prohíbe giros tan interesantes.

Anika se burló.

—Entonces cambiadlo.

Toby parpadeó.

—¿Qué?

—Es un contrato entre vosotros dos, ¿verdad?

Gideon asintió.

—Sí.

—Pues que lo enmienden.

—Pero la agencia estipula...

—Entonces deja la agencia —dijo ella tan simplemente.

—El contrato protege a Toby —dijo Gideon—. No quiero que pierda esa red de seguridad. Tenemos que resolver qué pasa si las cosas cambian entre nosotros o lo que sea. ¿O qué pasa cuando Benson vaya a preescolar, o si Toby decide que debería trabajar para otra persona? Está bien decir que eso no pasará, pero ¿no hay un contrato para protegernos a los dos?

—Claro —respondió Anika—. Pero no tiene por qué ser complicado. Haz un nuevo contrato. Si a la agencia no le gusta, vete y redacta tu propio contrato. —Sus ojos se abrieron de par en par—. Oooh, entonces podrías montar tu propia guardería privada en casa y coger a mis dos pequeñines como primeros clientes cuando tenga que volver al trabajo dentro de seis semanas. —Se quitó el polvo de las manos, orgullosa de sí misma—. ¿Ves? Fácil.

Toby se echó a reír, pero luego se lo pensó mejor y su sonrisa se volvió pensativa. No era mala idea. Miró a Gideon. Gideon se encogió de hombros.

—¿Podría funcionar?

—Um —la mente de Toby se revolvió—. No sabría por dónde empezar. ¿Y puedo hacerlo en tu casa? Quiero decir, cielos, eso es mucho. Dos bebés y un niño pequeño. —Se llevó las manos a la cara, intimidado pero emocionado—. ¿Puedo hacerlo?

Gideon sonrió con serenidad, como si se hubiera quitado un peso de encima.

—Seguro que puedes hacer cualquier cosa.

# Epílogo

Toby dejó la última bolsa de la compra en la encimera de la cocina con un gemido.

—Sabes, habría sido más fácil hacer esto en un centro de juegos para niños. Sin preparar la comida y sin limpiar.

Gideon se rio mientras le ayudaba a deshacer las bolsas.

—Pero ¿dónde está la diversión en eso?

—¿Diversión? —Toby le miró como si hubiera perdido la cabeza.

Benson gateó hasta la cocina y se puso de pie por sí mismo ayudándose de las piernas de Toby.

—Argh. —Lo levantó para que Benson pudiera ver lo que estaban haciendo—. ¿El cumpleañero durmió esta mañana?

—Por supuesto que no —dijo Gideon.

Benson había decidido que ya no necesitaba dormir por las mañanas, más o menos cuando empezó a gatear. Simplemente, ahora tenía demasiado que ver y hacer para cosas como siestas. Aunque sus pilas seguían necesitando una recarga después de comer, por lo que Toby le estaba eternamente agradecido.

Desde que se había hecho cargo de la guardería, decir que Toby estaba muy ocupado era quedarse corto.

Había tardado algo más de las seis semanas que Anika esperaba, pero una vez realizadas todas las acreditaciones, los trámites legales y las comprobaciones domiciliarias, Toby ya tenía oficialmente su propia guardería en casa.

Funcionaba a la perfección. Podía cuidar de Benson todo el día en casa y les daba a los dos más libertad económica. Toby ganaba más dinero. Gideon pagaba menos, porque, al fin y al cabo, llevaba su negocio desde la casa de este, y Toby sentía que su relación estaba más equilibrada.

De lunes a jueves, Anika dejaba a sus dos hijos a las ocho y cuarto y los recogía a las cuatro. Y los viernes, Toby se había hecho cargo de la pequeña Violet, cuyos padres habían necesitado una plaza de emergencia de un día, que luego se convirtió en una plaza permanente de un día a la semana. A Toby no le importaba. Violet era un bebé feliz y precioso, y a Benson le venía muy bien socializar y aprender a compartir con los demás.

Toby y Gideon tenían entonces las tardes libres, y podían acurrucarse en el sofá y hablar de sus días como siempre habían hecho. Como una pareja de verdad.

Simplemente funcionaba.

No siempre era fácil, pero eran ridículamente felices.

Benson intentó lanzarse a por las fresas, así que Toby le dio una, haciéndole decir "ga", sólo para que Benson lanzara la fresa destrozada al ver la tarta.

—¿Cómo sabe lo que es eso? —preguntó Gideon.

—Me gustaría pensar que son los colores brillantes, pero estoy bastante seguro de que puede oler el azúcar —bromeó Toby.

—Pa-pa-pa-pa-pa-pa —dijo Benson, inclinándose hacia Gideon. Hacia el pastel. Desde luego, no era tonto.

—¿Qué tal si ponemos al cumpleañero su ropa de cumpleaños antes de que llegue la gente a la fiesta? —dijo Gideon.

Toby asintió. Conseguiría hacer más cosas sin la ayuda de un monstruo de la comida con lindas manitas que se empeñaba en metérselo todo en la boca.

Toby tenía casi todo organizado. Sólo quería fruta fresca para los niños y la tarta, por supuesto...

—Toc-toc —se oyó una voz. Eran Lauren y Jill.

—Entrad —dijo Toby—. Estoy en la cocina.

Entonces llegaron los padres y el hermano de Toby. Carla llevaba un regalo envuelto casi más grande que ella.

—¿Dónde está mi cumpleañero? —dijo.

A Toby le encantaba que sus padres, sobre todo su madre, hubieran acogido tan bien a Gideon. A menudo decía que Benson era probablemente el único nieto que tendrían, así que la palabra mimado se quedaba corta.

—Mamá, te dije que no le regalaras nada —dijo Toby.

—Tonterías —lo amonestó—. Como si yo no fuera a regalarle nada.

—Es uno de esos triciclos de plástico —dijo Josh—. Estará corriendo por el pasillo antes de que te des cuenta.

—No estropees la sorpresa —dijo Carla.

—Como si Benson supiera lo que digo —dijo Josh poniendo los ojos en blanco.

—Dios mío, aquí está —dijo Carla llevándose las manos a la cara.

Gideon salió, cogiendo las dos manos de Benson, ayudándole a caminar. Llevaba un traje nuevo de peto con un astronauta en la barriga, sosteniendo un montón de planetas de colores en cuerdas como globos. Llevaba unos zapatitos rojos y una enorme sonrisa que dejaba ver sus seis dientes.

—Ven con Nonna —dijo Carla levantándolo.

El padre de Toby suspiró.

—Espero que nadie más quisiera ver a ese chico hoy.

Gideon se rio y saludó rápidamente antes de que Anika y su marido Sean llegaran con sus hijos Anya, Riley y Malek.

Riley pronto cumpliría tres años e iría a preescolar dos días a la semana el año que viene, pero Malek solo tenía unos meses más que Benson y eran muy buenos amigos.

Entonces aparecieron Violet y su padre, y la fiesta comenzó oficialmente.

El patio trasero con mesa y sillas era perfecto, el tiempo era cálido, pero no caluroso, y comieron toda la comida que habían preparado para la fiesta, incluida la tarta, que Benson se comió puñado a puñado desordenadamente.

Fue todo lo que un primer cumpleaños debería ser.

Se hicieron fotos. La madre de Toby había insistido en las fotos de familia.

—Necesito a Benson y a sus dos papás para presumir ante las señoritas del club —dijo.

Dos papás.

Toby nunca se había considerado realmente el papá de Benson. Benson tenía un Padre, que era Gideon. Y tenía un Toto, que era Toby. Y eso estaba perfectamente bien.

—Perdón —murmuró Toby mientras posaban para la foto junto al árbol que daba sombra.

—To-to-to-to —dijo Benson, apartándose de los brazos de Gideon y acercándose a Toby para que lo sostuviera en su lugar. Benson había empezado a llamar Toto a Toby, lo que casi lo había hecho llorar la primera vez que lo había dicho. Cogió a Benson y señaló hacia la cámara.

Gideon los rodeó con el brazo y sonrió para la foto.

—¿Perdón por qué?

—Por el comentario de los dos padres —susurró—. Le he dicho a mamá que no diga eso.

—Eres uno de sus padres —murmuró Gideon.

—Técnicamente, no.

—Benson no lo sabe. —Los ojos de Gideon se encontraron con los de Toby—. Sólo sabe que siempre estás ahí para él, que le amas, que está a salvo contigo. Y si eso no es un padre, ¿qué es?

Toby parpadeó para contener las lágrimas.

—Se supone que tienes que sonreír —dijo su madre, con el teléfono preparado para hacer una foto.

Benson tendió la manita hacia Gideon.

—Pa-pa-pa —dijo, pero luego hundió la cabeza en el cuello de Toby, acurrucándose como hacía cuando estaba cansado—. To-to-to.

Toby sonrió a Gideon con lágrimas en los ojos y Gideon le besó la cabeza.

—A mí me parecen dos papás —dijo Gideon, dándoles a ambos un apretón mientras Carla se alejaba.

No, no era oficial. Pero algún día lo sería. Toby no estaba seguro de cuándo, pero sabía que lo sería. No podía imaginar su vida sin ninguno de ellos.

—No puedo creer que tenga un año —dijo Gideon—. Un año. El año más largo de mi vida. El más duro. Y sin duda, el mejor. —Dio la vuelta a Toby, besó la cabeza dormida de Benson y luego los labios de Toby—. Te amo —dijo.

—Hasta la luna y de vuelta —añadió Toby.

Gideon miró a Toby a los ojos.

—A los dos. Hasta la luna y de vuelta.

# Epílogo 2

—¿Estás bien? —preguntó Toby. Gideon iba detrás de él, cogiendo a Benson de la mano mientras subían por el camino de entrada a la casa de Anika y Sean.

Era el segundo cumpleaños de Malek, y Benson estaba muy emocionado por la fiesta de su mejor amigo. Bueno, estaba emocionado por la tarta.

Toby llamó al timbre y Sean contestó, dejándoles pasar.

—Pasad —dijo—. El manicomio está ahí dentro.

Toby se echó a reír y siguieron el ruido de risas y niños hasta la terraza trasera. Benson, de casi dos años, fue directo al triciclo, y Toby levantó el regalo cuidadosamente envuelto.

—¿Dónde pongo esto?

Anika, que llevaba una bandeja con trozos de sandía, señaló una mesa junto a la puerta.

—Cualquier sitio de ahí está bien.

Dejó el regalo en el suelo, buscó a Malek, lo cogió en brazos y le hizo cosquillas.

—Aquí está el cumpleañero.

Malek se rio, pero quería seguir jugando, así que Toby se apresuró a bajarlo.

—¿Necesitas ayuda con algo?

Anika negó con la cabeza.

—No. Pero venid por aquí, os presentaré.

Gideon y él la siguieron hasta la cocina. Anya estaba en la isla de la cocina, ayudando a un hombre con la comida de la fiesta. Llevaba el pelo recogido con cintas y vestía un mono morado. Aunque Toby cuidaba de Malek y Riley cuatro días a la semana, Anya iba a la escuela. Venía con Anika a recoger a los chicos a las cuatro, pero sus interacciones habían sido limitadas. Ella levantó la vista y sonrió.

—Hola, Toby —dijo.

—Hola. ¿Te acuerdas de Gideon? —preguntó. Probablemente sólo le había visto un puñado de veces, dado que rara vez estaba en casa durante el día.

Asintió, insegura.

—Hola.

Anika le dio un beso en la coronilla.

—Toby y Gideon, este es Henry Beckett, mi mejor amigo. Ya os he hablado de él antes.

Ah, el mejor amigo gay del que Toby había oído hablar tanto.

—Es *mi* mejor amigo —proclamó Anya.

Henry le dio un apretón.

—Díselo tú, pequeña.

Sí, aparentemente Henry y Anya eran inseparables. Habían sido dos gotas de agua desde el día en que Anya nació. Al parecer, Henry se tomaba muy en serio su papel de tío.

Henry tal vez tendría alrededor de cuarenta años, era un poco regordete y muy guapo. Tenía el pelo corto y castaño con una pizca de canas y una enorme sonrisa. Al parecer, era muy divertido.

—Encantado de conoceros a los dos —dijo Henry—. He oído todo lo bueno y lo bien que se lo pasan los chicos en la guardería.

—Lo intentamos —dijo Toby.

—Bueno, estamos glaseando las galletas —dijo Henry—. Queríamos unicornios, ¿no? —le preguntó a Anya.

Ella asintió.

—Pero Malek quería un camión.

Henry agitó la mano.

—Así que estamos haciendo camiones.

—Con chispas y purpurina —añadió Anya y Henry le chocó los cinco.

Justo entonces, otro hombre irrumpió por la puerta trasera, sujetando a Riley boca abajo por los tobillos. Riley se reía y el hombre que lo sujetaba sonreía.

—Lo he atrapado —dijo. Luego, fijándose en Toby y Gideon, puso a Riley boca arriba.

—Hola, Riley —dijo Toby con una sonrisa. Riley era un niño salvaje, lleno de vida y con más energía de la que nadie sabía qué hacer con ella.

Y el hombre que lo sujetaba... bueno, seguro que era algo.

Alto, rubio, guapísimo, increíblemente en forma y con una sonrisa digna de un anuncio de dentífrico.

—Hola, soy Reed —dijo metiendo a Riley bajo un brazo como un balón de fútbol de risa salvaje y tendiendo la otra mano para que Toby la estrechara, y luego Gideon. Se presentaron y Reed dejó a Riley en el suelo. Riley se fue y Reed suspiró—. Se acabó. Terminé de correr. —Rodeó a Henry con los brazos y le robó una galleta, pero rápidamente le besó el costado de la cabeza antes de que Henry pudiera reñirle.

—¡Tío Reed! —gritó Riley.

Reed gimió, se metió toda la galleta en la boca y persiguió a Riley.

Anika suspiró.

—Nunca termina.

Toby lo sabía muy bien. Pasaba muchas horas con Riley cuatro días a la semana.

—Es un pequeño cohete de bolsillo, eso seguro.

Entonces Malek y Benson empezaron a pelearse por el triciclo, lo cual Gideon fue a arreglar, y Anika volvió a suspirar.

—Y tú te ganas la vida con esto —le dijo a Toby—. Tú elegiste esto.

Toby se rio.

—Jugar con plastilina y comer uvas mientras vemos a *Bluey* no es una mala forma de pasar el día.

Ella puso los ojos en blanco.

—Y con las peleas, las rabietas, el ruido, tener a tres niños corriendo en tres direcciones distintas, el control de esfínteres y limpiar vómitos de la alfombra. *Sé* que has tenido días así.

Se rio entre dientes.

—Si no me gustara, no lo haría.

Llegaron más invitados, abuelos, y los niveles de ruido aumentaron, Toby y Gideon se encontraron sentados fuera, en el sombreado patio, hablando con los otros padres mientras los niños jugaban.

Toby tenía a Gideon a un lado y a Henry al otro. Henry había terminado en la cocina y, a decir verdad, había hecho la mayor parte de la comida de la mesa. Había pequeñas tartaletas de remolacha asada y queso feta, tartaletas de cuajada de limón, y bruschetta. También había pan de hadas y mini magdalenas de chocolate para los niños; al fin y al cabo, era una fiesta.

—¿Tú hiciste todo esto? —preguntó Toby.

Henry asintió.

—Me gusta la comida —respondió—. Por si no se notaba —añadió señalando su cuerpo con un guiño.

—No le hagas caso —añadió Sean, metiéndose un pastelito en la boca—. Él hace la Carrera de la Bahía con Reed, y la hace con facilidad.

—Bueno —corrigió Henry—. Sí, es verdad. Pero no es

bonito. Reed hace la carrera de la bahía con facilidad. Yo la hago mientras intento no morirme.

—Estoy intentando convencerlo para que haga un triatlón conmigo —añadió Reed.

—Correr, lo haré. En contra de mi buen juicio. Pero nadar y montar en bici es un rotundo no. Creedme, nadie, y quiero decir nadie, me ve en licra. A menos que sea una fiesta de disfraces de ABBA. Entonces seré la mejor Agnetha que haya existido.

—Yo seré Björn —dijo Sean.

Reed levantó la mano.

—Benny.

—Anika, eres Anni-Frid —declaró Henry—. Haremos la mejor *Muriel's Wedding*.

Anika resopló.

—¿Cuándo es tu cumpleaños?

Henry jadeó.

—¡Qué buena idea! Dios mío, Anika, eso es brillante.

Anika puso los ojos en blanco.

—Mejor que hacernos volar a todos a Estados Unidos para que pudieras ir a Dollywood.

—Sólo porque Barry nunca hizo un Gibbsland —dijo Henry con un suspiro.

Reed miró a Toby.

—Desafortunadamente, no están bromeando.

Toby se rio.

—Suena divertido.

—Deberíais venir —dijo Henry emocionado.

—Ah... —Toby vaciló—. Ooooo, yo podría cuidar a los niños de Björn y Anni-Frid mientras vosotros lo petáis como *Mamma Mia*.

Henry sonrió con suficiencia a Anika.

—Ahora no tienes excusas.

Anika fulminó con la mirada a Toby.

—Vaya. Gracias.

Toby volvió a reír, justo cuando sonó el teléfono de Gideon. Sostuvo la pantalla para que Toby la viera.

Monique.

Su hermana.

Gideon frunció el ceño mientras se levantaba.

—Disculpadme. Debería coger esta llamada. —Se dirigió al otro extremo del patio, fuera del alcance de sus oídos.

Toby conocía a Gideon desde hacía más de un año y medio. Llevaban más de un año juntos como pareja y, en todo ese tiempo, sólo había sabido que ellos hablaran dos veces.

Monique era la madre biológica de Benson. Era la hermana menor de Gideon. Formarían parte de la vida del otro para siempre, por muy desconectados que estuvieran.

¿Pero que ella lo llamara de la nada? Toby no tenía un buen presentimiento.

Y por la expresión de la cara de Gideon, la seriedad, la angustia, estaba seguro de que no era una llamada de buenas noticias.

Entonces Toby tuvo un pensamiento horrible... *¿Ella querría ver a Benson? ¿Querría reencontrarse con él? ¿Se lo permitirían Gideon y Toby?*

Toby sintió un sabor amargo en la parte posterior de la lengua, y también se dio cuenta de que no era decisión suya.

No era el padre de Benson.

Cuanto más tiempo miraba a Gideon hablar por teléfono, peor se sentía Toby. Su estómago era ahora un nudo de ácido, su corazón se sentía pesado y dolorido.

Y cuando Benson se acercó, Toby lo cogió en brazos, lo sentó en sus rodillas y lo abrazó con fuerza. Gideon, que seguía con el teléfono pegado a la oreja, los observaba, con una sonrisa triste en el rostro.

Anika se sentó en el asiento de Gideon.

—¿Va todo bien? —preguntó.

—Creo que no es una llamada con buenas noticias —murmuró—. Puede que tengamos que irnos.

Ella le apretó la rodilla.

—De acuerdo.

En ese momento, Gideon lo miró y le hizo una seña con la cabeza. Toby se puso a Benson en la cadera y se acercó.

—Te llamaremos esta noche —dijo Gideon al teléfono—. ¿De acuerdo?

Escuchó lo que le dijo, terminó la llamada y se guardó el teléfono en el bolsillo.

—¿Qué pasa? —preguntó Toby—. Me estás asustando un poco. No querrá de vuelta a Benson, ¿verdad? Porque tengo opiniones al respecto. Y sé que no tengo ningún derecho a opinar y no tengo papel legal en esta decisión...

—Oye —dijo Gideon con la mano en el pecho de Toby—. Respira, tranquilízate. No es así. Ella no quiere recuperar a Benson. De todos modos, no puede reclamarlo. Es mi hijo. Es *nuestro* hijo.

Toby negó con la cabeza, pero Gideon le puso la mano en la mejilla.

—Escucha —susurró. Luego soltó un suspiro—. Esto es importante, y todavía estoy intentando asimilarlo. Creo que tenemos que hablar de más cosas, pero lo primero es lo primero.

Toby intentó controlar sus emociones, a pesar de que el corazón le retumbaba en el pecho. Le dio a Benson un beso en la mejilla.

—De acuerdo.

—Monique está embarazada —dijo Gideon—. Ella no lo sabía. Está demasiado avanzada para abortar. No sabe qué hacer. No quiere tenerlo. Está hecha un lío, no para de llorar.

Tiene el implante anticonceptivo, pero obviamente no funcionó.

Ah.

Ahhhh.

—Creo que sé adónde va esto —murmuró Toby.

Gideon se rio.

—Jesús. —Se pasó la mano por el pelo—. Deberíamos ir a casa y hablar de esto.

Toby asintió.

Anika, que debía de estar observándoles, tenía preparada una bolsa de fiesta para que Benson se marchara con ella.

—Llámame si lo necesitas —dijo mientras se marchaban.

El trayecto hasta casa fue corto y Toby aún no había encontrado la voz cuando llegaron a casa.

—Quiere que te quedes al bebé —dijo Toby.

Gideon apagó el motor.

—Me preguntó.

Toby suspiró, incapaz aún de formar un pensamiento coherente. Metieron a Benson dentro y lo dejaron jugar tranquilamente y relajarse un rato. Necesitaría una siesta, pero por ahora eso podía esperar.

Gideon cogió la mano de Toby y tiró de él hacia el sofá.

—He tenido exactamente diez minutos para pensar en esto —dijo—. Y no es algo que debamos tomar a la ligera. Tenemos que discutirlo en profundidad. Qué significa, cómo funcionaría. —Dejó escapar un suspiro infernal—. Cielos. Es mucho en lo que pensar.

—¿Otro bebé?

—Es una niña —dijo Gideon.

A Toby le ardían los ojos de lágrimas.

—¿Una niña?

Gideon asintió. Acarició la cara de Toby.

—Por favor, no llores.

Toby intentó contenerse.

—Es mucho.

—Sé que lo es. Pero primero, ¿sabes qué? Tu primer pensamiento fue que no eres un padre para Benson. Así que eso abrió otro asunto.

—Legalmente, no lo soy, Gideon. Yo...

—Entonces tenemos que cambiar eso —dijo Gideon—. Sé que esto no es romántico ni como me lo había imaginado... —Tragó saliva—. Cásate conmigo. Casémonos. Y no lo digo por capricho, Toby. Lo he pensado mucho. Quiero casarme contigo. Quiero hacerlo oficial, y quiero tu nombre junto al mío como padre de Benson. Tú eres su padre. Eres su Toto.

Toby le miró fijamente.

—A menos que no quieras —susurró Gideon, haciendo una mueca—. Sólo pensé...

Toby rio y lloró al mismo tiempo.

—¿Se te ocurrió preguntarme eso además de preguntarme si deberías adoptar otro bebé?

—Nosotros —dijo Gideon—. Si *deberíamos* adoptar otro bebé. —Negó con la cabeza—. No esperaba que mi hermana llamara y nos soltara esto. Es un impacto tanto para mí como para ti. Pero si Benson va a tener una media hermana por ahí, entonces... —Se encogió de hombros—. Lo siento. Si no quieres hacerlo, no pasa nada. Es algo que tendríamos que decidir juntos. No puedo tomar esta decisión solo. No como hice con Drew.

—¡No soy como él! Yo nunca...

Gideon negó rápidamente con la cabeza.

—No, no me refería a eso, lo siento. Es que no quiero que pienses que haría esto sin ti, porque no es así. No podría. Hacemos esto juntos o no lo hacemos. Toby, hablo en serio sobre casarme contigo. Quiero que estemos juntos para siempre, como esposos. Te amo muchísimo, y eres un padre para

Benson, en todo el sentido de la palabra. Así que hagámoslo oficial.

Toby levantó la mano.

—Una cosa a la vez, ¿vale? Mi cerebro no puede hacer todo esto al mismo tiempo.

—De acuerdo.

Los dos se sentaron y se tomaron un respiro muy necesario. Y Gideon le dio tiempo a Toby para poner en orden sus pensamientos.

Observaron a Benson sentado en el suelo, con su oruga en la mano, viendo a *Bluey* en la tele.

Casarnos.

Otro niño. Un bebé recién nacido. Una niña pequeña...

Se volvió hacia Gideon, viendo el miedo y la esperanza parpadear en sus ojos.

—Una medio hermana, ¿eh? —preguntó Toby.

Gideon asintió.

—Monique está a más de la mitad del embarazo.

Toby dejó escapar un largo suspiro y asintió. Intentó contener las lágrimas.

—¿Una niña pequeña?

Gideon también tenía los ojos llorosos, pero asintió.

—Sí.

Toby tragó saliva.

—¿Y casarnos?

Gideon soltó una carcajada lacrimógena.

—Sólo si tú quieres.

Toby asintió y tuvo que secarse una lágrima de la mejilla.

—Quiero —dijo con la voz entrecortada, llorando más ahora.

Gideon agarró las manos de Toby.

—¿En serio?

—Claro que sí —dijo Toby entre lágrimas—. Me casaría

contigo sin pensarlo, Gideon. Por Dios. Os amo tanto. A los dos.

Gideon aplastó la cara de Toby entre sus manos y lo besó, con lágrimas y moqueando.

—¿Estás seguro?

Toby se rio, parpadeando mientras derramaba más lágrimas.

—¡Sí! No sé por qué estoy llorando.

—Le diré a Monique que necesitaremos más tiempo —dijo Gideon—. No hay prisa. Y tenemos que resolver qué es lo mejor para todos nosotros, Benson incluido.

Toby se recompuso con un movimiento de cabeza. Se secó las mejillas y respiró hondo. Tenía sentido. Era el enfoque lógico. Pero...

—Llámala —dijo Toby—. Dile que sí.

—Pero...

—Riley empezará preescolar en unos meses, así que sólo tendré a Benson y Malek la mayoría de los días, y luego a Violet y Benson los viernes. En realidad, es el momento perfecto, si lo piensas.

—Toby, es un gran cambio de vida.

—Es la hermana de Benson; debe estar con nosotros. Con nadie más. —Los ojos de Toby volvieron a llenarse de lágrimas—. Haremos que funcione, Gideon. Es lo que hace la familia.

Ahora fueron los ojos de Gideon los que se llenaron de lágrimas.

—Familia.

—Familia —susurró Toby. Levantó cuatro dedos—. Una familia de cuatro, aparentemente.

Gideon se rio entre lágrimas. Cogió la mano de Toby y le besó el dedo anular.

—Te amo.

Benson se levantó, despeinado y más que cansado, y trepó para sentarse en el regazo de ambos.

—También te amo —dijo Toby besando la cabeza de Benson, pero mirando a Gideon.

—Hasta la luna y de vuelta. —Gideon levantó dos dedos —. Y de vuelta de nuevo, dos veces. Dos veces, por dos niños.

Toby se echó a reír, con los ojos llorosos al ver la cara de desconcierto de Gideon, que empezaba a asimilar la realidad.

—Dos veces.

# Sobre La Autora

N.R. Walker es una autora australiana a la que le encanta su
género, el romance gay.
Le encanta escribir y pasa demasiado tiempo haciéndolo, pero
no lo haría de otra manera.
Es muchas cosas: madre, esposa, hermana, escritora. Tiene
chicos muy, muy guapos que viven en su cabeza, que no la
dejan dormir por la noche si no les da vida con palabras.
A ella le gusta cuando hacen cosas sucias, muy sucias... pero le
gusta aún más cuando se enamoran.
Solía pensar que tener gente en su cabeza hablándole era raro,
hasta que un día se encontró con otros escritores que le dijeron
que era normal.
Ha estado escribiendo desde entonces...

nrwalker.net

*Through These Eyes (Blind Faith #2)*

*Blindside: Mark's Story (Blind Faith #3)*

*Ten in the Bin*

*Gay Sex Club Stories 1*

*Gay Sex Club Stories 2*

*Point of No Return – Turning Point #1*

*Breaking Point – Turning Point #2*

*Starting Point – Turning Point #3*

*Element of Retrofit – Thomas Elkin Series #1*

*Clarity of Lines – Thomas Elkin Series #2*

*Sense of Place – Thomas Elkin Series #3*

*Taxes and TARDIS*

*Three's Company*

*Red Dirt Heart*

*Red Dirt Heart 2*

*Red Dirt Heart 3*

*Red Dirt Heart 4*

*Red Dirt Christmas*

*Cronin's Key*

*Cronin's Key II*

*Cronin's Key III*

*Cronin's Key IV - Kennard's Story*

*Exchange of Hearts*

*The Spencer Cohen Series, Book One*

*The Spencer Cohen Series, Book Two*

*The Spencer Cohen Series, Book Three*

*The Spencer Cohen Series, Yanni's Story*

*Blood & Milk*

*The Weight Of It All*

*A Very Henry Christmas (The Weight of It All 1.5)*

*Perfect Catch*

*Switched*

*Imago*

*Imagines*

*Imagoes*

*Red Dirt Heart Imago*

*On Davis Row*

*Finders Keepers*

*Evolved*

*Galaxies and Oceans*

*Private Charter*

*Nova Praetorian*

*A Soldier's Wish*

*Upside Down*

*The Hate You Drink*

*Sir*

*Tallowwood*

*Reindeer Games*

*The Dichotomy of Angels*

*Throwing Hearts*

*Pieces of You - Missing Pieces #1*

*Pieces of Me - Missing Pieces #2*

*Pieces of Us - Missing Pieces #3*

*Lacuna*

*Tic-Tac-Mistletoe - Hartbridge Christmas Series #1*

*Christmas Wish List - Hartbridge Christmas Series #2*

*Merry Christmas Cupid - Hartbridge Christmas Series #3*

*Bossy*

*Dearest Milton James*

*Dearest Malachi Keogh*

*Code Red - Atrous Series #1*

*Code Blue - Atrous Series #2*

*Davo*

*The Kite*

## TÍTULOS EN AUDIO

*Cronin's Key*

*Cronin's Key II*

*Cronin's Key III*

*Red Dirt Heart*

*Red Dirt Heart 2*

*Red Dirt Heart 3*

*Red Dirt Heart 4*

*The Weight Of It All*

*Switched*

*Point of No Return*

*Breaking Point*

*Starting Point*

*Spencer Cohen Book One*

*Spencer Cohen Book Two*

*Bossy*

*Code Red*

*Learning to Feel*

*Dearest Milton James*

*Dearest Malachi Keogh*

*Three's Company*

*Christmas Wish List*

*The Kite*

*Davo*

*To the Moon and Back*

## LECTURAS GRATUITAS:

*Sixty Five Hours*

*Learning to Feel*

*His Grandfather's Watch (And The Story of Billy and Hale)*

*The Twelfth of Never (Blind Faith 3.5)*

*Twelve Days of Christmas (Sixty Five Hours Christmas)*

*Best of Both Worlds*

## OTRAS TRADUCCIONES

### *Italiano*

*Fiducia Cieca (Blind Faith)*

*Attraverso Questi Occhi (Through These Eyes)*

*Preso alla Sprovvista (Blindside)*

*Il giorno del Mai (Blind Faith 3.5)*

*Cuore di Terra Rossa Serie (Red Dirt Heart Series)*

*Natale di terra rossa (Red dirt Christmas)*

*Intervento di Retrofit (Elements of Retrofit)*

*A Chiare Linee (Clarity of Lines)*

*Senso D'appartenenza (Sense of Place)*

*Spencer Cohen Serie (including Yanni's Story)*

*Punto di non Ritorno (Point of No Return)*

*Punto di Rottura (Breaking Point)*

*Punto di Partenza (Starting Point)*

*Imago (Imago)*

*Il desiderio di un soldato (A Soldier's Wish)*

*Scambiato (Switched)*

*Galassie e Oceani (Galaxies and Oceans)*

*The Hate You Drink*

### *Francés*

*Confiance Aveugle (Blind Faith)*

*A travers ces yeux: Confiance Aveugle 2 (Through These Eyes)*

*Aveugle: Confiance Aveugle 3 (Blindside)*

*À Jamais (Blind Faith 3.5)*

*Cronin's Key Series*

*Au Coeur de Sutton Station (Red Dirt Heart)*

*Partir ou rester (Red Dirt Heart 2)*

*Faire Face (Red Dirt Heart 3)*

*Trouver sa Place (Red Dirt Heart 4)*

*Le Poids de Sentiments (The Weight of It All)*

*Un Noël à la sauce Henry (A Very Henry Christmas)*

*Une vie à Refaire (Switched)*

*Evolution (Evolved)*

*Galaxies et Océans (Galaxies and Oceans)*

*Qui Trouve, Garde (Finders Keepers)*

*Sens Dessus Dessous (Upside Down)*

## Alemán

*Flammende Erde (Red Dirt Heart)*

*Lodernde Erde (Red Dirt Heart 2)*

*Sengende Erde (Red Dirt Heart 3)*

*Ungezähmte Erde (Red Dirt Heart 4)*

*Vier Pfoten und ein bisschen Zufall (Finders Keepers)*

*Ein Kleines bisschen Versuchung (The Weight of It All)*

*Ein Kleines Bisschen Fur Immer (A Very Henry Christmas)*

*Weil Leibe uns immer Bliebt (Switched)*

*Drei Herzen eine Leibe (Three's Company)*

*Über uns die Sterne, zwischen uns die Liebe (Galaxies and Oceans)*

*Unnahbares Herz (Blind Faith 1)*

*Sehendes Herz (Blind Faith 2)*

*Hoffnungsvolles Herz (Blind Faith 3)*

*Verträumtes Herz (Blind Faith 3.5)*

*Thomas Elkin: Verlangen in neuem Design*

*Thomas Elkin: Leidenschaft in Klaren Linien*

## Tailandés

*Sixty Five Hours (Traducción al Tailandés)*

*Finders Keepers (Traducción al Tailandés)*

**Chino**

*Blind Faith (Traducción al Chino)*

Gracias por leer